WITCH AND MERCENARY
魔女と傭兵
超法規的かえる
CHOHOKITEKI KAERU
illust. 叶世べんち

目次

CONTENTS

魔女と傭兵

著：超法規的かえる
イラスト：叶世べんち

GCN文庫

プロローグ

「ずいぶん集めたもんだな」

野営地で準備をする傭兵《ようへい》、領主の私兵、果ては民兵まで。

雑多な寄せ集めともいえる彼らを見て、一人の男が呆れ半分につぶやいた。

何とはなしに漏れ出た彼のつぶやきに、近くで剣の手入れをしていた男が笑う。

「そりゃあそうだろ。準備しすぎに越したことはねえ。なんせ、魔女を狩ろうってんだからな」


魔女。


魔術と呼ばれる未知の技を操り、その力は天候すら動かすといわれている。

かつて魔女の怒りを買った国が一夜にして滅んだ、戯れに洪水で村を押し流した等、その危険性を言い伝える噂は数知れず。

魔獣といわれる存在が絶えて久しいこの大陸。他国の人間こそが最大の脅威である今、唯一存在している得体のしれない恐怖の象徴が魔女だ。

「相続争いで優位に立ちたいからって、そこまでするもんかね？」

「それにわざわざ参加してる俺たちが言うことじゃねえな」

「違いない」

事の発端はこの地の領主の跡継ぎ問題だ。

領主には二人の息子がいるのだが、双子の上に同程度の器量、そしてどちらも譲る気はさらさらないらしい。

どちらが跡を継ぐかで揉めに揉めているそうだ。

双子の点数稼ぎは苛烈さを増していき、ついには兄の方が伝説の存在に手を出すまでになったというわけだ。

万全を期すために私兵だけでは足りないと判断。

金をばらまき人を集めた結果が、この大所帯。

「金さえもらえれば何でもやる……とはいえ魔女とやりあうのは初めてだな」

その青年が腕を組みながら独りごちる。

歳《とし》の頃は二十代半ば、灰色の髪の毛を短くそろえている。

大柄だが引き締まった体。

鋭い雰囲気をもつ傷だらけの顔は、青年の職業を実によく表している。

ジグ＝クレイン。

傭兵だ。

「魔術か……おとぎ話でも参考にすればいいのか？」

彼は未知の敵との戦闘を想像しながら、その対処に頭を悩ませていた。

酒場で聞いた与太話では、何もないところから道具も使わずに火の玉を出したり風を巻き起こしたりするようだが、ジグには、そのような芸当が本当にできるのか甚《はなは》だ疑問であった。

「とはいえ魔女が実在するのは事実。魔術とやらが本当なのかどうかは置いておくとして、噂相応の芸当ができると考えておいた方がいいか」

彼は魔術に懐疑的であったが、魔女の脅威自体は現実のものとして受け止めていた。

おとぎ話で片づけるには被害にあった事例が多い上、大国は魔女の討伐へ躍起《やっき》になっている。

これから討伐に向かう魔女も、過去幾度となく討伐隊を差し向けられたことがあるが、すべて失敗に終わっているという。

とてもではないが、個人でどうにかできる範囲を超えている。

彼はもともと、魔女というのは何かの集団を表すもので、単独のものではないと考えていた。

「何かしらの国家絡みの集団か、あるいは犯罪組織かなにかか……」

そんなところだろうと考えていた。

報酬は文句がないし、ギルドを通した出所のしっかりした依頼だ。

当然報酬なりの危険もあるだろうが、この仕事をやっていて危険なことなど日常茶飯事。

いつもの仕事と何も変わらない。

油断はしないが、恐れることもない。

そう考えて出発の時を待った。

その思い違いが彼の今後を大きく左右するとも知らずに。

†

いくつかの傭兵団と正規兵の隊長格達の打ち合わせが終わった後、半時程して討伐隊は出発した。

大木の立ち並ぶ深い森の中を行軍していく。

傭兵百、正規兵百の一個中隊での進行は非常に目立つ。

加えて外様《とざま》も多く、連携も即席のものであるため奇襲にはかなり弱いだろう。

それでも並の武装集団や生物兵器では相手にならない。

数の差とはそれだけの有利をもたらす。

絶対に勝てる。

誰もがそう思っていた。

ソレを目にするまでは。

異常が起きたのは昼を少し回った頃だろうか。

斥候《せっこう》に出ていた兵が家を見つけたという。

「こんなところに住んでいるものなど聞いたこともない。敵の拠点である可能性が高い」

将軍は敵が本当に魔女である可能性は低いと見ていた。

過去の討伐隊は誰一人として帰ってはこなかった。

仮に敵が魔女であった場合、多くの人間を一人も逃がさずに倒すことなど可能だろうか？

いかに敵が強力であったとしても、単独である以上できることには限度があるはずだ。

以上のことから、不意を突かれ包囲された可能性が高いと想定したのだ。

既に隊の周辺には複数の斥候を放ってある。

その警戒網には意図的に穴を作り、その場所には傭兵を配置してある。

彼らには悪いが盾になってもらおう、それくらいの金は払っている。

そこから少し進むと開けた場所に出た。

「あれが報告にあった家か。なんだあの家は」

大きさは少し広めの民家といったところか。

遠目には木造ではないように見える。

石造りにも見えない。

強いて言うならば、土。

土で家を造ることがないとは言わないが、木材が周りにいくらでもあるというのに、あえての土。

その違和感に首をひねりつつも将軍は指示を出す。

「各員警戒態勢。一番隊で前方の家を包囲し中を確認しろ。二番隊は援護、それ以外の隊は周辺の……」

途中で切れた指示に部下が怪訝《けげん》な表情をするも、すぐにその理由に気づく。


いつの間にか、家の前に一人の女がいた。


歳は二十代前半くらいだろうか。

腰ほどまでに伸びた髪は墨を落としたように黒く、瞳は吸い込まれるような蒼《あお》。

対してその顔《かんばせ》は透き通るような白。

絶世の、といってもいい美女なのに、それを見た兵たちに浮かぶ感情はただ一つ。

恐ろしい。

そうとしか表現できない何かを感じ取った将軍は理解した。

あれが魔女だと。

「……っ総員戦闘態勢！　敵は正面の魔女だ！　盾前へ、弓兵構え！」

恐怖を経験でねじ伏せて指示を飛ばす。

アレはまずい。

過去幾度となく感じた中で最も危険であろう存在に、少し前の緩み切った自分を殴りたい気持ちだ。

一拍遅れて兵たちもすぐに指示に従い、動く。

いつの間にか魔女はこちらに手を向けている。

何事か喋っているようだが、距離があるので聞き取れない。

その間に兵たちの準備が整った。

盾を前方に並べてしゃがみ、その後ろで弓兵が矢をつがえる。

「狙え、撃……」

命令を出そうとした瞬間。

不思議な香りがした。

今までに嗅《か》いだことのない、言いようのない刺激臭。

「なんだ？」

誰かが口にしたその直後。

大地が牙を剝いた。

†

ヤバい。

肌がぞわりと粟立つ感覚と、遅れて漂う刺激臭。

空気の変化を感じ取った傭兵たちがざわつく。

このままここにいては死ぬという直感に従ってジグは動いた。

近くにいた運搬用の馬に飛び乗り、そこからさらに跳躍《ちょうやく》。

隊の脇にある大きな木の枝をつかむ。

鎧《よろい》を着こんだ重装甲兵ほどではないにしろ、それなりに重量のある装備とは思えない動きを、強靭な肉体が可能にした。

彼が木に逃れた直後。

大地がきしむ音とともに、身の丈ほどもある円錐状《えんすいじょう》の杭が突き出る。

次々に突き出た杭は人の体をたやすく貫き、多くの兵が一瞬にして骸《むくろ》になった。

予想外の方向から、想像もできないような攻撃に隊は恐慌状態に陥った。

「おいおい……なんの冗談だこれは」

呆然としながら足元の光景に背筋を凍らせる。

あと一瞬判断が遅れれば、自分もあの仲間入りだった。

「クソ、いったい何が」

この惨状を作り出した原因を探して、木の上から視線を巡らせたジグは、前方の正規兵たちとその正面に立つ女に気づく。

「まさか……本当に魔女だっていうのか？」

ありえないと否定しようにも、この現象は魔女以外に説明がつかない。

あまりの事態に及び腰で逃げ始めている者もいた。

――逃げるか？

ジグは、頭に浮かぶその考えにかぶりを振る。

報酬の半分は前払いでもらっている、危険なのは承知の上だ。

信用問題はフリーの傭兵であるジグにはさほど痛手ではないが、自分の中で決めた流儀としてそれは選べない……まあ意地の問題だ。

とはいえ――。

「依頼主が死んでいないことを願うしかないな……」

嘆息しながらジグは足場にしていた木から飛んだ。

†

魔女の攻撃はあらゆる面で甚大な被害を及ぼしていたが、それでも全滅というほどではない。

地の杭は重鎧を貫けるほどではなく、軽装だが運よくまぬがれたものも多い。

魔女が〝トン〟と地面を軽く踏み鳴らす。

「構うな、撃て！」

将軍の号令に合わせて矢が射かけられる。

無数の矢はしかし、突如地面からせりあがった浮き出たものに防がれた。

魔女を護ったそれは、まるで大盾のような形をしている。

二枚もあれば人ひとり完全に覆えてしまえそうなサイズの土盾。

それが三枚、ゆっくりと旋回しながら魔女の周囲を浮いていた。

そこに重装甲兵が槍を構えて突撃した。

魔女はそちらに向き、手をかざすと土盾が動いた。

渾身のチャージを受けた盾に中ほどまで槍が突き刺さりひびが入る。が、そこまでだった。

二枚目が横から襲い掛かるが体勢が整わずに躱《かわ》せない。

鎧がへこみ、槍を手放し倒れたところに三枚目が上から落とされた。

大きな果実が潰れるような音がして兵士は動かなくなった。

一枚目の盾は直り始めていた。

兵士たちが声もなく後ずさる。

「化物め……」

将軍の顔が歪み、脂汗が伝う。

何事か唱えながら魔女が手を打ち鳴らした。

乾いた音が響き渡る。

「な、なんだ!?」

音が鳴りやむと、魔女の前に土が盛り上がっていく。

土は形を変えて、成人男性より二回りほど大きな土人形を作り出した。

ずんぐりとした体に前傾姿勢。

顔はなく、まるでおとぎ話に聞くゴーレムのようだ。

魔女がこちらを指さす。

土人形がこちらに向かって歩き出した。

「怯《ひる》むな、来るぞ！　迎え撃つ！」

土人形を迎撃しようと隊を組みなおす外敵を打ち倒すべく、魔女はさらに術を組む。

そこにふっと影が差す。

兵たちの脇を駆け抜け、土人形の横撃を躱してその体を足場に大きく跳躍したジグが魔女に強襲をかけた。

　上段からの勢いをつけた剣の一撃。

「くっ！」

　慌てた様子で盾を操作し、二枚重ねてその一撃を受け止める魔女。

　勢いをつけたジグの斬撃は、盾を二枚目の半分ほどまで切り裂いた。

「ちっ、かてえな」

　魔女はその威力に目をむきつつも三枚目を振るう。

　しかし盾を蹴りつけて強引に剣を引き抜きつつ、距離をとったジグには当たらずに空振り。

　十歩ほどの間合いを取って向かい合う。

「…………」

　魔女が初めて警戒の色を見せた。

　男を見やり、そしてその得物へと視線を移す。

　魔女の見たことがない武器であった。

　持ち手が真ん中にあり、その上下に長剣ほどの刃がついている。

　双刃剣。

　非常に使い手の少ない武器だ。

　性質上、体全体で振り回すため隊列を組んで戦うのが困難などの理由もあるが、何より問題なのがその扱いの難しさだろう。

生半可な実力では武器に振り回されるのが関の山だ。

見るからに重量がある武器だ、先ほどの斬撃の強烈さも頷けるというもの。

その危険性を理解して、しかしその重量から小回りはきかず間合いさえとれたならどうにでもできると判断。

即座に術を組み遠距離戦に持ち込もうとする。


瞬間、地面が爆《は》ぜた。


そう錯覚するほどの踏み込みで瞬時にジグが間合いを詰める。

十歩の距離が一瞬で消えた。

魔女がとったつもりでいた距離は、まだ彼の間合いの内だったのだ。

息をのむ魔女に双刃剣が振るわれる。

とっさに術を切り替えながら盾で防いだ。

再生中の二枚目が切り裂かれ、返す必要すらなく振るわれる反対の刃が一枚目を蹴散らす。

そのままの勢いで回転してきた刃を三枚目が防ぐ。

土盾と双刃剣が鍔《つば》迫《ぜ》り合《あ》い、そこで初めてジグは魔女の顔を見た。

蒼い瞳と、そこに宿る深い何かがジグの視線と交差する。
視線を鋭くした魔女が至近距離で石弾を放つが、ジグは手甲で斜めに滑らせて凌《しの》ぐ。
最小限の動作での曲芸じみた防御。
魔女はそれに驚きながらも、最後の一枚が持ちこたえている間に組んだ術を放つ。
ジグが飛びのいた足元の地面から、新しい盾が作られ浮かび上がった。
続けて突き出る杭も、またしても先に回避していたジグには当たらない。
「……？」
自分の術が先読みされていることに魔女は首をかしげた。
目の前の男に術が使えるようには見えない。
何らかの手法で術の発動を察知しているのか。
――ならば。

†

ジグは息を整えながら相手の動向に目を光らせる。
魔女との戦いは未知数だったが、想定よりずっと善戦できていた。
相手が接近戦を不得手としていたことが大きい。

あれだけ強力な遠距離攻撃を持っているのだ、近距離戦の経験を積めていないのも無理はないだろう。

それに魔女の力は強大すぎる。

人が羽虫を潰そうとして苦労するようなものだ。

多対一ならともかく一対一の戦闘に向いていないのだ。

それに加えて――。

「おっと」

刺激臭がするのに合わせ、身を翻《ひるがえ》して距離をとる。

どういう理屈かは知らないが、術が発動する前には必ず独特の匂いがするのだ。

攻撃系なら刺激臭、防御系なら鉄のような匂いが。

思えば最初の攻撃の前にもこの匂いがしていたような気がする。

あの時はもっと強烈だったが。

どうやら術の規模などに応じて、匂いの強弱も変化するようだ。

魔女はおそらくこれに気づいていない。

こちらが察知して回避するたびに怪訝そうにしている。

理由は分からないが有り難い。

こちらの防具は胸当てと厚めの脚甲、手甲のみだ。

剣ぐらいなら防げるが、魔女の術を食らえばひとたまりもないだろう。

幸い、こちらの攻撃も魔女にとっては脅威のようだ。

あの盾ごと切り倒すのは無理でも、掻《か》い潜《くぐ》って一撃を与える隙さえ作れれば勝機はある。

わずかな隙も逃さぬように気を引き締める。

魔女が動いた。

攻撃か、防御か。

身構えるジグを、次の瞬間、顔をしかめるほどの刺激臭が襲った。

攻撃だ。それもかつてないほど強力な。

背筋に走る悪寒を振り払うように距離をとる。

直後に地の杭が突き出た。

一本や二本ではない。

無作為にばらまくかのように杭が突き出し続けた。

土人形と、戦っていた正規兵たち、無差別にすべてを巻き込んでいく。

まともに当たれば終わり、直撃でなくとも体勢を崩せば同じことだ。

ジグは必死になって避《よ》ける。

いくつもの杭が体をかすめるたびに傷ができるが、それに構っている暇はない。

生み出され続ける杭は、標的の姿が見えなくなっても勢いを止めない。

やがて視界を埋め尽くすほどの杭が出たところでやっと収まる。

肩で息をしながら魔女が周囲を見渡す。

原形がないほどに崩れ去った土人形。

杭に串刺しにされた無数の兵たちから流れたおびただしい量の血が、地肌と混ざり汚泥となっている。

動くものは何一つとして存在しなかった。

魔女は外敵の排除を確信し安堵《あんど》の息をついた。

命の危機を感じたのはいつ以来だろうか。

連続した魔術の行使に疲弊した体を休めるべく背を向けて歩き出したその時、轟音《ごうおん》が響いた。

振り向いた魔女の目に、杭の壁を突き破りながら何かが躍り出るのが映る。

土煙を切り裂いてジグが現れた。

魔女の目が驚愕に見開かれる。

全身傷だらけで防具もボロボロだが、彼の戦意は少しも衰えていなかった。

「おおおおお!!」

裂帛《れっぱく》の気合とともに双刃剣を振るう。

とっさに盾を生み出して防御するが、先ほどの無理がたたっているのか、魔女の動きは鈍い。

生成中の二枚が即座に切り払われ、残り一枚で何とか防ぐ。

だが、勢いを止めきれずに盾ごと吹き飛ばされた。

魔女が地に転がり、制御を失った盾が土くれに戻った。

なんとか起き上がった魔女の眼前《がんぜん》に刃が突き付けられる。

肩で息をするジグに魔女の視線が向けられた。

「…………まさか、アレを避けきれるとは思いませんでした」

初めて聞いた魔女の声は、思っていたものとずいぶん違った。

落ち着いてこそいるが、どこにでもいそうな普通の少女のようだった。

だが、それでも彼女は魔女だ。


「私を殺しますか」


その問いに答えずジグは刃をわずかに魔女の喉に触れさせた。

「なぜ人を殺す？」

魔女は笑った。

「意味のないことを聞きますね。何か理由がなくては殺してはいけませんか？」

「質問に答えろ」

喉に触れていた刃がわずかに押し込まれる。

「殺されそうになったから、殺した。それだけのことです。人間が死のうと生きようと、私にはどうでもいい。……これで満足ですか」

「ああ」

魔女が肩をすくめる。

「……少しは同情してくれてもいいんですよ？　割と私、被害者だと思うんです」

いっぱい殺しましたけど、と付け足す。

「俺は傭兵でな。お前が快楽殺人者だろうが、慈悲深い聖職者だろうがどうでもいい。納得して依頼を受けたなら殺すだけだ」

ジグの答えに、魔女は心底失望したような顔をする。

「なんだ。本当に意味のない質問でしたね」

「そうでもない」

「そうでしょうか？　まあ、もういいです。さあ、やっちゃってください」

魔女が目を閉じて首を差し出す。

実に諦めのいいことだ。

ジグは静かにその首を見つめた。

これまで一体何人の命を奪ってきたのだろうか。

それを責める権利は自分にはない。

自分自身、今まで多くの命を奪ってきた。

生きるために多くの命を踏みにじり、糧《かて》にして来た。

彼女と自分は何も変わらない。

ただ生きるため。

そのためだけに殺してきた。


——だからこそ。


ジグは無言で双刃剣を納める。

そのまま背を向けて歩き出す。

「……なにしてるんです？」

いつまでも来ない終わりに魔女が目を開ける。

ジグは近くの折れた杭に腰を下ろし傷の手当てを始めていた。

「見て分からんか。応急処置だ」

「いえ、それくらい分かりますよ。あの、私それ待ってなくちゃいけないんですか……？」

「何か用事か？　構わん、そのまま言え……いやちょうどいい、手伝え」

「ええ……？」

魔女は、はなはだ困惑しながらも律儀に手伝う。

傷口の汚れをおとして包帯を巻こうとしているジグに近づき、自然と手を触れて術を組む。

少し甘い匂いがした後、仄《ほの》かな光が生まれた。

その光が当たっていた傷口が、ゆっくりとだが塞《ふさ》がっていく。

「便利なものだな」

「それはどうも。……で、理由くらい聞かせてくれるんですよね？　なぜ殺さないんですか。まさか情にほだされたわけでもないでしょうに」

「あれを見ろ」

ジグが指さす方に目を向ける。

剣山のように並び立つ杭の端の方に、豪奢《ごうしゃ》な鎧の残骸が見える。

持ち主の判別がきかないほどに壊れてしまっているが、実用性より見た目を重視した鎧から、おそらく高貴な身分と思われた。

「あれが何か？」

「俺の依頼主。領主の息子だ」

「それはまあ、ご愁傷さまです？　やったの私ですけど」

意図が読めずに首をかしげる魔女。

「依頼主が死んでしまっては報酬が支払われないだろう。ただ働きはごめんだ」

「いやいやそうはならないでしょう！　魔女の首をもって帰れば領主から報酬くらい出るのでは？」

ジグはため息をついて呆れる。

当然ではあるが、魔女は人の世のしがらみや内輪もめに疎いようだ。

「想像してみろ。大事な息子に兵を持たせ魔女の討伐に向かった。しかし帰ってきたのはどこの馬の骨とも知れない傭兵一人。そいつが、あんたの息子も大量の兵隊もすべて死んだ。証人もいないし証拠は誰も見たことのない魔女の首だけしかないが、俺は生き残って魔女を倒したので報酬をくれ――といったら、どうなると思う？」

「良くて縛り首、悪ければ拷問の後、市中引き回しの上獄門ですかね」

「そういうことだ」

ジグは生きるために仕事で殺す。

報酬が支払われる可能性がない以上、それは仕事ではない。

ここで魔女を殺せばそれはただの自己満足。

故に、殺さない。

「……そう、ですか」

ジグの言葉に、魔女は何かを考えこむようにうつむいた。

その様子には気づかぬまま、手当てを終わらせたジグは装備を確認する。

ボロボロの装備、修繕にかかる費用、今回の無駄骨。

諸々の収支を計算すると涙が出そうだ。

おまけにしばらくこの辺では仕事を避けねばならない。

一傭兵の顔など覚えてはいないだろうが、万が一ということもある。

「あなたはそれでいいんですか？」

準備を終えたジグが次の行動をどうすべきか悩んでいると、考え事が終わった様子の魔女が問いかけてきた。

「いいも悪いもない。依頼ならば何でもするし裏切るような真似はしないが、自ら殺されに行くような報告をするほどの義理はない。隊は全滅、魔女の討伐は失敗した」

「いいえ、魔女の討伐は成功です。勇敢な兵たちの犠牲によって魔女は打ち倒され、二度とその姿を現すことはありませんでした」

めでたしめでたし。

おとぎ話を語るかのように魔女が続ける。

「……どういうことだ？」

魔女が困惑するジグを蒼い瞳で見つめる。

「あなたに私の護衛を依頼します」

「……本気で言っているのか？」

ジグが思わず聞き直す。

「もちろんです」

魔女が胸を張って応える。

「何故？」

意図が読めない。

そんな内心が顔にありありと浮かんでいる。

魔女はそんなジグに対し、伏し目がちに口元だけで笑う。

「もう、疲れちゃったんですよ。何度追い返しても、何度住む場所を変えても、いつだって私は追われる身。もう、たくさんです」

生きることに倦《う》んだ、諦観にも似た表情。

少女のような姿ではあるが、その時の彼女は確かに長い時を生きる魔女の貌《かお》だった。

ジグは黙って魔女の言葉に耳を傾ける。

魔女はまた、その蒼い瞳でジグを見た。

「だから私を、誰にも追われない場所まで連れて行ってください」

具体的なことが一つもない漠然とした、しかし心の奥底から絞り出すような言葉。

魔女の顔を見る。

ジグはその表情を知っていた。

もう後がない者の、崖っぷちにいながらも生きることを手放しかけている顔。

その背中を見送るのはたやすいが、引き留めるには相応の覚悟がいることを、彼は知っていた。

だからこそ――。

「悪いが、お前の事情に興味はない」

「……っ」

魔女が何事か喋ろうとする。

こぼれ出そうな言葉をなんとか飲み込んだ魔女は頭を下げた。

「……そう、ですよね。ごめんなさい、急にこんな話をしてしまって」

顔を上げた魔女は寂しそうに笑っていた。

「あはは……誰かと話すのなんて本当に久しぶりで、つい話しすぎちゃいました。忘れてください」

乾いた笑いがむなしく響く。

自分がうまく笑えていないことに気が付くと、また顔を伏せた。

「俺は傭兵だ」

「……はい」

「金次第でどんな仕事も引き受ける、人殺しすら厭《いと》わない類《たぐい》の人間だ。だから――」

ジグは魔女を見る。

顔はまだ下を向いている。

「俺が興味あるのは、お前に、仕事に見合った報酬が払えるかどうかだけだ」

「っ!?」

魔女が顔を上げてジグを見る。


――そう、俺は傭兵だ。

金さえ払うならどんな面倒ごとでも引き受けよう。

未熟だった頃の、あの背中をただ見送ることしかできなかった時とはもう違うのだ。


「払えるのか？」

「はっ、払えます！　払えますとも！」

魔女はあたふたとしながら服をごそごそと漁りだす。

ややあって目的のものを見つけたのか、何かの宝石をジグへ差し出してきた。

「とりあえず前金はこれでいかがでしょう」

魔女の掌《てのひら》に載っていたのは、子供の握りこぶしほどの赤い宝石だ。

深い赤色の見事な宝石だった。

「ふむ」

「どうです？　見事な物でしょう」

魔女が胸を張る。

「いや分からん」

「えぇ……」

「宝石の目利きなどできたら傭兵などやっていない」

「そりゃそうでしょうけど……」

自慢の品だったのか、不満気だ。

「そんなにいい物なのか。売るとどのくらいになるんだ？」

「さあ？」

「おい」

「人間の相場なんて魔女が知るわけないじゃないですか」

「それもそうか。しかし困ったな」

それなりの金額にはなるのだろうが、これからかかる費用を考えると潤沢とは言えない。

さてどうしたものかと頭をひねろうとしたところで気づく。

「先ほどこれは前金といったな。まだ宝石があるってことか？」

魔女は、ジグの質問に頷く。

「はい。同じくらいの物があと三つほどありますよ。……足りませんか？」

「そうではないが、依頼料に関しては後で詳しく詰めよう。三つか……いけそうだな」

「……？」

小首をかしげる魔女にジグが諭すように話す。

「いいか？　はっきり言うが、この大陸で魔女が狙われない場所などない」

「……そうでしょうね」

魔女が暗い顔になった。

神秘の消え去ったこの大陸で恐れられているのは魔女だけだ。

その恐怖、対する敵愾心《てきがいしん》も尋常ではない。

どの国も他国に舐められまいと、伝承など恐るるに足らずという姿勢を示していて魔女討伐には積極的だ。

士気高揚のために魔女に仕立て上げられたもの、冤罪《えんざい》で魔女狩りにあったものなど枚挙にいとまがない。

「この大陸は長い間、争い続けている。肌の色、言語の違い、文化の違い……自分たちと少しでも違うものを消し去りたくてしょうがないんだよ」

「愚かですね。本当に、何年たっても変わらない」

魔女が遠くを見る。

長く生きてきた彼女だ。

ずっと、人間たちのそんな姿を見続けてきたのだろう。

ジグが自嘲気味に笑う。

「それを飯のタネにして生きている俺たちは、さしずめ寄生虫か」

「あっ！　いえ、そういうことでは……」

「いいさ、承知の上で選んだ道だ。……話を戻そう。要はこの地に魔女というとびきりの異物を享受《きょうじゅ》する場所などないということだ。ならばここから出ていけばいい」

「……まさか」

魔女がジグの意図に気づいて唖然とする。

「そうだ。――異大陸へ渡る」

以前から存在しているのは知られていたが潮の流れが荒く、潮流が読めないため誰もたどり着けなかったもう一つの大陸。

近年やっと潮流の調査が終わり、それに耐えうる船が考案、生産された。

現在は船の量産も終わり、これから本格的な調査団が送り込まれる予定だ。

「あの海域は、今の造船技術では渡れないという話では？」

「……何年前の話をしているんだ、お前は」

「え、何年前だったかな？　ひぃ、ふう、みぃ、よう……」

指折り数え始めた魔女を見てため息をつくジグ。

寿命の違いでここまで時間感覚のズレがあるとは……。

彼が子供の頃「近い将来、異大陸への渡航が可能になる」と大々的に発表されてから、もう二十年近くたっている。

いったいこの魔女はいくつなんだという疑問を飲み込みつつジグが計画を話す。

「近々、異大陸への調査団が出発する。そこに潜り込む」

「そんなことが可能なんですか？」

「金はかかるが、不可能ではない」

もともと調査団は外様が多い。

他国の侵略を常に視野に入れなければいけない状況下では、国主導で調査を行うのは難しい。

なので各国の商人が協力して金銭を出し合うことでリスクを軽減し、新たな販路を開こうというのが大元の概念だった。

各国はそれに乗っかるような形で調査団に人員を送り、敵国の動向を調査しつつ異大陸で得られる利益を算出しようという腹積もりだ。

お互い牽制しあいながらなので大幅に人員を割くわけにもいかず、かといって無視するには大きすぎる可能性の詰まった大地。

「今あそこは混沌としてる。紛れ込むには絶好のチャンスだ」

「……」

魔女は考え込んでいる。

無理もない。

異大陸で魔女が迫害されている可能性がないとは言い切れない。

そもそも何があるのか分からない。

追われる以上に危険なことが起きる可能性は十分にある。

だが、それでも。

「誰からも否定されて追われるくらいなら、いっそ未知に飛び込むのも……いいかもしれませんね」

魔女はそう言って不敵に笑った。

そこに、さっきまでのすべてを諦めたような色は見えない。

「でもいいんですか？　そう簡単に帰れるわけじゃないでしょうに、そこまでついてきてしまって」

「構わんさ、それが仕事ならな。それに、どこに行っても変わり映えのしない戦場に飽きてきていた」

人を殺すことに躊躇《ためら》いはないが、別に好きなわけでもない。

剣を振るうことでしか生きてこられなかったし、他の生き方などいまさらできないだけだ。

「では、改めてよろしくお願いします。えっと……」

そういえばまだ名乗ってすらいなかった。

苦笑しながら手を差し出す。

「ジグだ。ジグ＝クレイン」

魔女は何に驚いたのか、目を丸くしながら手を見つめる。

ややあっておずおずと手を出して、何かを確かめるようにしっかりと握った。

「よろしく、ジグさん」

魔女はその手のぬくもりに目を細めた。

「私はシアーシャ。ただのシアーシャです」

一章 異大陸への旅路

WITCH AND MERCENARY

馬車を乗り継いで二日ほど。

ジグたちは調査団に潜り込むべく、エスティナという国に来ていた。

海に面したこの国は貿易、漁業が盛んで常に多くの船が出入りしている。

「これはまた……見事な物ですね」

その中でもひときわ大きく頑丈そうな船を見て、シアーシャが感嘆の声を上げる。

「あれが例の調査船だ。調査団の主要人物たちはあれに乗っている。俺たちが潜り込むのはあっちにある外様の船だな」

隣にある一回り小さな船を指す。

魔女はそれを見て目を細めた。

「小さい方じゃ不満か？」

「子供ですか私は……そうではなくて」

魔女はかぶりを振って物憂げな眼で語る。

「こんなにすごい技術があるのに、人間はどうして争うことにばかりエネルギーを使おうとするのかなと、思いまして」

「何かを成すよりも、成した奴から奪い取る方が楽だからな。そこから始まる戦争もごまんとある」

「世知辛いですね」

「技術革新に貪欲《どんよく》な奴もいれば、奪うことに貪欲な奴もいる」

「方向性は違えど貪欲な人間が時代を動かすんですね」

「そういうことだ。……町に入ったら宿をとるぞ。それから船旅の準備だ」

「はい」

食料や野営道具など必要なものは山ほどある。

ジグも装備がボロボロなので買い替える必要があった。

調査団の関係で人の出入りがとても激しく、宿をとるのにかなり苦労した。

何とか空き部屋を見つけたがそれなりの高級宿、おまけにこの騒動の特別価格でかなりの金額をとられてしまった。

「ふ、二人部屋で、一泊十三万だと……」

「ジグさん抑えて抑えて」

財布に大打撃を食らったジグが、ぷるぷる震えているのをシアーシャがなだめる。

魔女に臆せずあれだけ激しく剣を振るった男が、まるで新兵のように震えている。

シアーシャはそのギャップに思わず笑ってしまう。

立ち直るまで少々かかったが、気を取り直してジグが必要なものをまとめる。

「こんなところですかね。さあ、買い出しに行きましょう」

「いや、その前に換金に行くぞ。金がない」

「はいはい」

宝石を換金しないと現金がないため、二人は宝石店に向かった。

商人の出入りも多いため、それなりに大きな宝石店を見つけられた。

店に入る前にジグがシアーシャの一歩後ろに回る。

「どうしました？」

「換金はお前がやってくれ」

「ええ!?　私そういう経験一切ないですよ……？」

「傭兵が急に宝石をいくつも持ち込んでみろ。盗品扱いされてすぐにお縄だ。大丈夫だ、それなりに大きい店はあまり阿漕《あこぎ》なことはしない。店の品位や評判に関わるからな。それに奴らは宝石だけでなく客も見る」

「客、ですか？」

「そいつの立ち居振る舞いに身分や格というものが出る。それがある客は上客にしたがる……！」

らしい」

「ちょっと！　最後に不穏なこと言わないでくださいよ！」

「昔、商人に酒の席で聞いただけの話だからな。まあそう間違ってはいないんじゃないか？

……たぶん」

なおもギャーギャーと文句をいうシアーシャを押して店内に入る。

静かな店内に入った二人に視線が向けられる。

護衛と思しきジグは興味どころか石ころのように無視される。

すべての視線は美しい黒髪に整った顔のシアーシャに注目していた。

多くの視線にシアーシャが怯む。

「あいつらは敵だと思え。魔女として、接してやれ。やりすぎるなよ？」

「……はい」

目を閉じたシアーシャは一つ深呼吸すると、ゆっくりと開ける。

途端、空気が変わった。

そう感じるほどの雰囲気の変化に、店内の温度が下がったような錯覚すら覚える。

艶然と微笑むシアーシャに、店員、客問わず釘付けになる。

「……本日はどのようなご用件でしょうか」

しかし流石《さすが》はプロ。

殺気こそないものの、魔女の威圧から店員の一人が立ち直り、接客する。

「買い取っていただきたいものがあります」

商売人のたくましさに感心しながら、シアーシャが無造作に宝石を取り出す。

「買取ですね。お預かりします」

各々のサイズ、輝きに内心驚き、しかしそれを微塵《みじん》も表に出さず店員がトレイで受け取って奥へ下がる。

しばらくして店員が戻り、金額を提示する。

「大変良い状態ですので、すべて買い取らせていただきたく思います。三百万オースでいかがでしょう?」

「……っ」

想像をはるかに超える金額にジグは、動揺を抑えるので精いっぱいだった。

相場の分からないシアーシャは顔色一つ変えずに決める。

「ではそれで」

それもまた彼女の底の知れなさを助長していた。

立ち居振る舞い、美貌、金銭感覚。

間違いなく高貴な身分の人間だ。

店の誰もが信じて疑わなかった。

取引が終わり店を出る。

一つため息をついたシアーシャが体を伸ばす。

「ふぃー肩凝った。どうでしたか？」

「上出来だ。いい品だとは思ったが、あそこまでの値段が付くとは思わなかったぞ」

思わぬ収穫にジグは満面の笑みだ。

宿でとられた金額も三百万オースの前では霞《かす》む。

一つだけは換金せずに、いざという時のためにとってあるが、経費込みでも十分な額だ。

「ちなみにどのくらいの金額なんですか？」

「そうだな……一般的な兵士が飲まず食わずで一年働いてもらえるのが、大体三百万オースくらいだ。同じ額を貯めようと思ったら節制して過ごしても四、五年はかかるだろうな」

「おー素晴らしい。では前金には十分ですね？」

ぱちぱちと手を叩きながら言うシアーシャにジグは上機嫌で笑う。

「何を言う、前金どころか手厚いエスコートをしてもまだ足りないくらいの金額だぞ」

「いえ、前金で構いませんよ」

「……何？」

上機嫌だったジグは一転して怪訝《けげん》な顔になる。

高すぎる報酬に危機感を抱くのはこの稼業をやっていれば当然の反応だった。

「お前、どこまでやらせる気だ？」

「あなたには向こうについてからも、護衛と指導役をお願いしたいと思っています」

「指導役？」

シアーシャは歩きながら周囲を見る。

「ここに来てからも思いましたが、私は世間を知らなすぎます。あの露店で売っている食べ物が何かも、どうすれば買えるのかも分かりません」

あれ食べたいです、とシアーシャが指した露店は鶏肉の串焼きだった。

「オヤジ、二本くれ。あと飲み物も適当に」

「はいよ」

すぐに渡されたものをもってジグは歩きながら食べる。

串をもってどう食べようか悩んでいる彼女に見せるようにかぶりつく。

真似して上品に食べて、その味に笑みを浮かべながらシアーシャは続ける。

「つまり私が一般常識を身に付けるまでいろいろ教えてほしいんですよ」

「そうはいっても俺も知らない場所に行くんだが」

「それでも、私よりはずっとましでしょう」

「そりゃあな。だがそれなら現地のガイドを雇った方がよくないか？」

「信用の問題です」

シアーシャが果実水を飲む。

酸味のあるそれは食後の口直しに最適だった。

「信用、ねえ……俺はそこまで信用を得られるようなことしたか？」

「少なくとも、依頼なら、魔女とだってやりあうくらいにお金好きなのは分かりました。私が良い金づるでいる間はとても信用できます」

「なるほど、確かに金は大好きだ」

納得したジグの表情を見てシアーシャは満足げに頷く。

「依頼料はある程度毎に必要分お支払いしますので。これは必要経費込みで前金としてお渡ししておきますね」

「そうさせてもらおう」

ずっしりと重みのある袋を受け取る。

「金額分は働かせてもらうさ」

「期待してます」

†

鍛冶屋《かじや》に装備の修繕を頼み、必要な雑貨類を買い終わった頃には、日が傾き始めていた。

昼を串焼きで済ませてしまったため、腹が不満の音を上げた。

「夕食にしましょうか」

「ちょうど最後の用事は飯屋で会うことになっている。済ませたら食事にしよう」

少し歩くと大きめのレストランに入る。

落ち着いた内装と雰囲気は店の高級さを感じさせた。

「意外です、こういう高そうなお店も知ってるなんて」

シアーシャがきょろきょろしている。

「仕事の交渉で使うんだよ。上には個室もあるから聞かれたくない話はそこでする」

店員に名前を告げて待ち合わせであることを伝える。

二階へ通され奥の部屋に案内された。

中に入ると小柄な男が待っていた。

こぎれいな格好をしているのに、どこか怪しげな雰囲気をぬぐい切れない男だった。

「よおジグ。まだ生きてやがったか」

「そっちこそ相変わらずだな」

親しげに言葉を交わした二人は、席に着くなり憎まれ口を叩きあう。

「こいつはコサック。情報屋だ」

ジグの横に座ったシアーシャに男を紹介する。

シアーシャは微笑みながら頭を下げる。

「よろしくお願いします」

「おう、よろしく。……おいおいジグ、このべっぴんさんはどうしたんだよ。お前の女か？」

「なわけねえだろ、依頼主だよ」

「だろうな。てめえは本当に女遊びしねえなあ」

「金がもったいない」

「これだよ」

呆れたようにコサックがシアーシャを見る。

対応に困ったのか曖昧《あいまい》に笑う彼女を置いて、ジグは仕事の話を切り出した。

「頼んでいた件だが、いけるか？」

「そりゃ、まあ行けるけどよ……結構かかるぜ？」

「構わん」

途端に歯切れの悪くなるコサック。

「……マジで行くのか？　彼女には悪いが、お前ならいい待遇で雇ってくれる団はいくらでもあるだろ。今からでも紹介するぜ」

「集団行動が苦手なんだ」

にべもなく断る。

コサックも予想していたのか、さして残念がる様子もない。

二つの腕輪を取り出すとこちらに渡した。

手に取ってみると、明らかに量産品ではなく独特な意匠を施してある。

「まあいいさ、てめえが決めたことだ。船は五日後に出る。若い研究者とその護衛ってことで話は通しておく。これが乗船券のかわりだ。当日左手に着けろ」

「助かる」

礼を言って腕輪を見ていると、コサックがふと思いついたように声をかけてきた。

「先遣隊にも傭兵が何人かいるんだが、そいつらに会ったら仕事が終わり次第、俺のところに顔を出すよう伝えておいてくれないか？」

「……知っている相手か？」

「見りゃ分かる」

「まあ、会えたらな」

それで構わないと頷くコサック。

二人が腕輪をしまうと彼が店員を呼ぶ。

「仕事の話は終わりだ。久々に会ったんだし飲むぞ。嬢ちゃんはいけるクチかい？」

「人並みには」

運ばれてきた料理がテーブルに並べられていく。

「……あの、これ食べきれるんですか？」

「うん？　これぐらい大した量じゃないだろう」

次々に運ばれる料理のあまりの多さに、シアーシャがひきつった顔をする。

「嬢ちゃんもこいつの馬鹿力見たことあるだろ？　あれに見合ったぐらいは食うぞ」

「あーなるほど……この量食べて太らない理由はそれですか」

納得するシアーシャを他所《よそ》に料理を平らげていくジグ。

その横で上品に少しずつ食べる彼女との対比にコサックが笑う。

そうしてしばらくは近況報告や雑談を楽しんだ。

すると料理をつまみに酒をあおったコサックが、ため息をつく。

「らしくないな、ため息とは」

「ちょっと前にてめえの噂が流れてきたぞ」

「ほう、どんな？」

酒で料理を流し込んだジグが一息ついてコサックを見る。

「てめえが死んだかもしれないって噂だ」

「初耳だな」

心当たりは、ある。

しかしジグは素知らぬ顔で続きを促す。

「少し前に隣の国で領主の息子が魔女狩りをするって騒ぎになってな。私兵だけじゃ足りないってんで、傭兵にも募集をかけた。そこにてめえがいたって話だ」

「良く調べてある、流石は情報屋だ」

「そんな目立つ武器背負ってりゃ素人でも調べがつくわ。結果は成功だが、かなりの犠牲が出た。まともな死体は一つもない、酷い有様だったらしいぜ。領主の長男と兵は全滅、傭兵も逃げ出した奴以外に生き残りはいないそうだ。そこそこ名の知れた傭兵団が二つも壊滅したんだ。……まあ、それでもあの沈黙の魔女を倒しただけで十分な戦果だろうよ」

「沈黙の魔女？」

　横目でちらりとシアーシャを見るが当の本人は素知らぬ顔だ。

「……お前そんなことも知らねえで参加してたのか？」

　呆れながらもコサックが説明してくれる。

「全部が全部じゃないが、魔女ってのは基本的に好戦的だ。縄張りに踏み入れば攻撃してくるし、手なんかだしてみろ。根絶やしにする勢いで反撃してくるぞ。ところがこの魔女は違う。縄張りに入っても威嚇こそされるが手は出してこないし、過去何度か討伐隊がやられているが、報復に現れたことがない。それでついた通り名が――」

「沈黙の魔女」

「昔はもっと東にいたって話だ。魔女の中でも指折りの戦闘力らしいが、積極的に敵対行動しない限りは手を出してこないから、危険度はそこまで高くはない。現王になってからは手を出すのを禁じていたとか。ところがだ」

声のトーンをわずかに落とした。

「どこぞのバカ息子が親への点数稼ぎたさに手を出しちまった。結果的には成功したが魔女の死体は見つからず、上は大層お怒りで近いうちに何らかの罰が下されるらしい」

(息子が死に、上から罰まで食らうとは踏んだり蹴ったりだな)

息子の手綱を握れなかった自業自得とはいえ、哀れな領主に少し同情する。

「話を戻そう。そんな事態になったってのに、なんでてめえは平然と生きてやがんだ?」

「自分で言っただろう。逃げ出した傭兵以外に生き残りはいないと」

鼻で笑ったコサックは酒を飲み干す。

それなりに飲んでいるはずなのに、その目は情報屋としての鋭さを保ったままだった。

「抜かせ。相手が魔女だろうとてめえが逃げ出すタマかよ。……なに隠してやがる」

「さて、知らんな」

ジグの表情は微塵も動かない。

そこから何かを読み取るのは難しい。

コサックは視線をシアーシャに向けた。

食後のお茶を飲んでいた彼女は視線に気づくと、微笑みながら小首をかしげる。

何かを隠しているような違和は感じない。
仮にも裏の人間である彼の剣呑《けんのん》な視線を受けているのに、だ。
そこに違和感を覚えた彼は、より注意深くシアーシャを見つめる。
並の人間なら本当に隠し事がなかったとしても、何かしらの反応はするだろう。
ただの箱入り娘にできるような芸当ではない。
コサックの視線を微笑みながら見返すシアーシャ。
吸い込まれるような蒼い瞳の奥を見通そうとする。
妙だ。
目を見ているだけなのにぞわりとしたような感覚が付きまとう。
危機感とでも言うべきか。
彼自身、危ない橋を幾度もわたったことがある。
それと似た、しかしそれ以上の何かを感じた。
立ち居振る舞いを見るに運動神経は悪くなさそうだが素人。
何かしらの心得があるようにも見えないというのに。
(俺がビビってるのか？　こんな小娘に？)

ふと、自分の言葉を思い出した。

魔女の死体は、見つかっていない。

「まさか――」

乾いた音がした。

手元を見ると木の器に穴が開いている。

穴から酒がこぼれると、底には一枚の銀貨があった。

指弾《しだん》だ。

当たり所次第では致命傷にもなりうるほどの。

「その辺にしておけ」

ゆっくりとジグに顔を向ける。

武器も持たず、椅子にもたれかかった姿勢のまま、なんてことないように彼は言う。

「場合によっちゃあ、お前を斬らなければならん」

その言葉にコサックはすべてを悟った。

まだ殺気すら出していないというのに、コサックの背筋は冷え切っていた。

それでも無理矢理に声を絞り出す。

「てめえ、正気か？」

掠れたような声だが、なんとか言葉になった疑問にジグは笑う。

「お前に正気を疑われるのは、何度目だろうな」

「……てめえが無茶するたびに言う側の気にもなりやがれ。だが今回だけは話が違う」

「俺の答えは変わらんよ。金さえ払われるなら何でもやるさ」

「……そうかよ」

コサックは吐き捨てるように言うとどっかりと座った。

酒を注ごうとして穴が開いていることに気づくと、舌打ちして瓶から直接飲む。

飲み干した頃にはこわばった顔は元に戻っていた。

「依頼料だがな、諸々込みで二百万オースだ」

「……いいのか？」

「てめえの命だ、好きにしやがれ」

──かつて正気を疑われた時も、最後には同じ言葉をかけられたな。

ジグは目を細めると頭を下げた。

「すまん、恩に着る。ついでと言っちゃなんだが、俺が死んだという噂を広めておいてくれないか？」

「へいへい、そいつも諸々に含めといてやるよ」

「悪いな」

「一つ貸しだ」

「ああ」

金貨の詰まった革袋を置くと立ち上がる。

「世話になった、またな」

シアーシャが一礼してジグに続く。

「一つ聞かせろ。てめえは……勝ったのか？」

扉のノブをつかんだジグが止まる。

「――俺はここにいる」

背を向けたまま応えると振り返らずに部屋を出た。

†

五日後の船が出る当日。

当初懸念していたトラブルは一切なく、拍子抜けするほどあっさりと乗り込めた。

二人は、ばれた時のための逃走ルートや次善案を考えていたのが無駄になって何よりだと安堵する。

船は順調に進んでいった。

本来この海域は潮流が荒い。逆巻くような流れである。

だが特定の時期になると潮の流れが穏やかになるとのこと。

それでも並の船では渡航は困難で、専用の船を用意する必要があった。

船で集めた情報を要約するとそんなところだ。

「で、肝心の異大陸の情報だが……ほぼない」

「え、どういうことです？」

船旅が始まって二日。

二人は船室で情報をまとめ、朧気《おぼろげ》ながらも今後の方針を立てようとしていた。

そこで聞かされた話にシアーシャが首をかしげる。

「先遣隊はもう到着してるんですよね？　なのに情報がないというのは……」

「どうも先行した船との連絡が取れていないようなんだ」

本隊から先行して進んだ船が着岸、設営できる場所を探すというのが筋書きだった。

「伝書鳩を捕食する生物でもいるのかもしれないな」

何が起こるか分からない場所だ、できるだけ情報を仕入れておきたかったが。

「ないものはしょうがありません。それより私、ジグさんに聞きたいことがあったんですよ」

ベッドに寝転がったまま、シアーシャはこちらに好奇の視線を向ける。

「以前戦った時に私の術を読んでいましたよね。あれはどういう原理ですか？」

「あーあれなぁ……」

「あ、話したくなかったら無理にとは言いませんよ。手札を開示したくないのは戦う人にとって当然ですし」

少し考え、話すことを決めた。

「構わないが、実は俺自身にもよく分かってないんだ。……匂いがするといって分かるか？」

ジグ自身にもよく分かっていない感覚だが、魔女である彼女なら心当たりがあるかと思い尋ねた。

「匂い、ですか？」

「ああ。攻撃系の術の前には刺激臭が、この前使った傷を癒す術の時には甘い匂いがした」

シアーシャは眉間にしわを寄せてうなっている。

「うーぬ……他に何か特徴はないですか？」

「他に……ああ、あの剣山のような攻撃の前はひときわ強烈な匂いがしたな」

「もしかして、ですが」

推測であることを念押ししてからシアーシャは話し始める。

「魔力ってただそのまま使っているわけじゃないんですよ」

「魔力とは？」

「そこからですか……簡単に言えば魔術の燃料です」

教師のように説明するシアーシャ。

気持ち楽しそうに見えるあたり、説明好きなのかもしれない。

「魔術の発動にはいくつか工程があります。一つ目は魔力を汲み上げること。池から桶で汲むところを想像してください」

と、シアーシャが指をあげる。

「二つ目はそれに指向性を与えること」

「指向性？」

「用途に応じた性質を与えるんです。攻撃に使うのか、防御に使うのか……一度与えた指向性は変えられませんし、攻撃用を防御に使うことはできません。

三つ目は指向性を与えた魔力に形をつけること、これを術を組むといいます。印を結んだり詠唱したり、方法はいくつかありますけど」

ジグは説明を聞き考える。

「これが魔術の工程です。おそらくジグさんは魔術に指向性を与える際の魔力反応を嗅ぎ取っているのかと思われます」

「思われる……ということは、お前には」

「はい、分かりません」

残念そうにシアーシャが足をぷらぷらさせる。

白い足が揺れるのを見ながらジグが尋ねる。

「なぜだ？」

「魔力って私にとってあるのが当たり前なんですよ。生まれた頃からあるものだから、いちいち認識していないというのが推測です。それに恐らく、普通の嗅覚とは別物だと思いますよ」

「確かに、鼻で嗅ぐというよりは頭で感じ取るような匂いだったな」

シアーシャとの戦闘を思い出す。

実際に嗅覚を使っていたとしたら、魔術の発生に気づくのはもっと遅れていただろう。風向き次第では気づけなくても不思議はない。

「うん？　そうなると俺だけでなく、ほかのやつも匂いには気づいていたはずだよな」

「気づいていたと思いますよ？　言われてみれば私が術を放つ前にざわついてましたし。あの時は命の危機にでも感づいたのかと思いましたが」

「なのになぜ避けなかった……いや、すぐに結びつけるのは難しいか」

頭に浮かんだ考えを即座に否定する。

「そうでしょうね。その関連に気づく前にはほとんど死んでますし。よしんば気づいても、そうそう避けきれるものじゃありません」

「なるほどな。俺からも聞いていいか？」

ジグの質問にシアーシャはベッドから降りると対面に座る。

「なんですなんです？」

「……なんでそんなに機嫌がいいんだ」

妙に嬉しそうな彼女につい聞いてしまう。

「誰かに自分のこと聞かれるのって初めてなんですよ。なんだか嬉しくなっちゃって……」

はにかみながら笑う彼女に、思わず口元に笑みが浮かぶ。

手でそれを隠しながら何でもないように話す。

「お前は炎を出したり洪水を起こしたりするような術を使わなかったよな。あれはなぜだ？」

噂の魔女は洪水で街を押し流しただの、火の海にしただのというものばかりだった。

シアーシャは苦笑しながら手を顔の前で振る。

「あれはちょっと話に尾ひれがついてますよ。魔女単体にそこまでの力はありません。使う術が偏《かたよ》っているのは属性のせいですね」

「属性？」

また聞きなれない単語が出てきた。

「術というか個々人の魔力には相性があるんです。私の魔力は土や石に干渉するのが得意です。できないことはないですが、消耗も大きく効果も下がってしまうんで進んで使うことはありませんよ」

ただ、とシアーシャは続けた。

「条件次第ではとても大きなことができます。水属性の魔女が川の流れを変えて街を押し流すくらいはできるでしょうね。私も山の近くにある街を、土砂崩れで埋めるくらいならできると思いますよ」

物騒だが納得できる話だ。

「回復は何属性なんだ？」

「体に干渉するわけですから、人体属性？　魔力は肉体に宿ってるわけですから、干渉するのは誰でもできると思いますよ。魔女と人間の構造は意外と近いというのはこの前知りました」

「俺で実験するな」

魔術にも原理がちゃんとあって、何でもできる、万能じゃないということか。

勉強が好きというわけではないが、未知に対する好奇心が満たされるのは存外に楽しいものだった。

「興味深い話だった。ありがとう」

「いえいえ、私もいろいろ謎が解けて満足です」

魔術談義（講義？）に盛り上がる二人を他所に船は目的地に近づいていく。

†

船に乗って二十日目の朝。

見張りが眠い目をこすっていると、朝もやの向こうになにかが見えた。

大慌てで報告に走り、すぐに船は喧騒に包まれた。

乗組員たちが忙しく動き回り、怒号が飛び交う。

ついに異大陸に着いたのだ。

「ここが、異大陸？」

シアーシャが目を凝らして見る。

少し霧がかかっているが、いたって普通だ。

「近くに人が住んでいる形跡はないようだな」

水夫に借りた望遠鏡を使いながら周囲を探るが、船が一隻あるだけだ。

先遣隊の物だろう。

慌ただしく動き回る水夫に指示を出している船長を見る。

大きな声で出しているそれを聞くに、どうやら接岸するらしい。

流石というべきか、多少の霧をものともせずスムーズに船が岸に着けられた。

ただし二隻だけで、他の船はある程度の距離を置いて未だ海にいる。

傭兵や外様の多い船に安全確認をさせるのは、当然と言える。寄せ集めとはいえ戦力としては十分だ。

「私たちは斥候というわけですか」

「気をつけろ。先遣隊の姿が見えないということは、何かしらのトラブルがあったはずだ」

残された船には誰もいなかった。

連絡が取れないのはともかく、誰一人として残していないのはおかしい。

十人ほどの隊に分けられ周囲を探索するように指示される。

水夫を一部残し、船を降りた。

「地面が柔らかいな」

「その割には荒れてますよね。普通なだらかになりません？　雑草も少ないですし」

こういった湿った大地は緩やかで草やコケが多いのが普通のはずだが、ところどころ隆起し足場が悪い。

「こっちは草木の生態系からして違うのかもしれんな」

ジグたちは上陸してまっすぐ行き、小さな丘を登って遠くを見渡す。

遠くの方に村が見える。

「歩きだと半日くらいか？」

人里が見えたことに安堵しながら目星をつけているとわずかに地面が揺れた。

「地震か？」

しかしそれ以上の変化はなく、ジグは隊の方へ戻ろうとした。

「ん？」

その時、何か光ったような気がしてしゃがみ込む。

拾ってみると金属で作られたそれは、軍隊や大きな傭兵団の付ける徽章《きしょう》だった。

コサックの言っていた先遣隊にいる傭兵団のものだろうが、鷹の翼を模したそれは彼にとっても見覚えのある意匠だった。

「……ふむ」

ジグは目を細めてそれを懐へしまうと、その場を後にした。

†

シアーシャが離れたところで座り込んでいたので近づいてみると、地面を調べているのか掌に土を載せて眉間にしわを寄せている。

「どうした？」

「おかしいんですよね」

立ち上がると周囲を見る。

「ああいう地面のひび割れって、乾いた所じゃなきゃすぐに元に戻っちゃうんですよ。これだけ水気のある所で残ってるのは不自然です」

「つい最近できたということか。地震か何かじゃないか」

「うーん……そういうのとは違うような。地面がひび割れるほどの地震だと、岸の方とかもっと崩れていると思いませんか？」

確かに船から降りた時にそのような形跡は見られなかった。

またわずかに、揺れた。

「おや、地震ですか？」

嫌な予感がする。

「そこの二人、隊に戻れ。一度報告に向かうぞ」

隊長が離れていた二人に声を掛ける。

しかしジグは応えずに思案する。

そうだ、先遣隊はどうした。

いないのはこの際構わない。

何かしら事情があって移動したのだろう。

しかし、その痕跡が全くないのはどういうことだ。

それなりの人数が移動したはずなのに、足跡一つないはずがない。

また少し、しかし先ほどより大きく揺れた。

今まで気にも留めていなかった地面のひび割れを見る。

――何かが、蠢《うごめ》いた。

「下だ！」

戻ろうとしていたシアーシャを抱きかかえて横に飛ぶ。

直後、地面を突き破り長い何かが飛び出す。

シアーシャを降ろすと即座に反転、双刃剣を抜いて斬りつけた。

ぬるりとした手応えとともに切断されたそれが転がる。

「なんだこいつは!?」

長さは見えているだけで三メートル、太さは大人の胴ほどか。

目はなく、筋肉をむき出しにしたようなピンクと赤の混ざった色と質感。

円状の口には無数の牙が生えていた。

棘《とげ》のように生えた牙は、獲物を切り裂くためでなく逃がさないための物。

がっしりした顎《の》ではなく関節の緩い飛び出すような口。

つまり、この生物の捕食方法は丸呑みだ。

「こいつが犯人か」

丸呑みにされ、地面をかき回せば痕跡はきれいさっぱり消える。

「助かりました。って何ですかこれ!?　気持ち悪い……」

「気をつけろ、まだいるぞ」

警戒しながら周囲を確認する。

あのサイズでは成人男性一人も食べればいい方だろう。

先遣隊が何人いたか知らないが、十数匹、悪ければ数十匹はいるとみていい。

「私に地面から奇襲をかけるなんていい度胸してますね……」

大地を操る魔女の癪《しゃく》に障《さわ》ったのか、シアーシャが術を組み始める。

あたりを刺激臭が漂い始めた。

「よせ、人目が多すぎる。何のためにここまで来た」

「む、でも……」

「気づかれないように防御だけしていろ。俺はお前の護衛だぞ？」

「……分かりました」

術を解除し、代わりに別の術を組む。

「地中に私の魔力を走らせました。索敵は任せてください」

「頼む」

隊がいた方から悲鳴が聞こえた。

シアーシャを引き離さない程度に走る。

たどり着いた状況を一言で表すなら、地獄絵図。

隊列を乱され反撃もままならない状態で、なすすべもなく丸呑みにされていく。

地中から襲い来る未知の敵にパニックを起こしている者も多い。

逃げ出した男の足元から複数の化け物が飛び出た。

打ち上げられた男の体に化け物が食らいつく。

足を咥《くわ》えられ、ぶら下げられた男が必死の形相で抵抗する。

「は、放せっ！　はな……」

その頭に別の怪物が食いついた。

手足をバタつかせる男を、奪い合うように地中に引きずり込んでいった。

背筋を震わせる光景に隊がバラバラに逃げ出す。

「落ち着け！　孤立するな！　本隊に応援を――」

大声で指示を出していた隊長の声が途絶える。

「これは、だめだな」

崩壊した隊を見てどうすることもできないのを理解する。

隊を襲っていた化け物がこちらに狙いを変える前に、移動しようとしたジグをシアーシャが止めた。

「静かに。そのまま動かないでください」

意図は分からなかったが何か理由があってのことだろう。

ジグは口をつぐみその場にとどまった。

化け物たちは何かを探すように顔を振っている。

その顔がこちらを向いた時背筋に汗が伝った。

しかしこちらに気づいた様子はなく、地面に潜ってしまう。

地面が揺れる。

揺れは逃げた者たちを追うように遠ざかっていった。

それでもしばらくは動かない。

完全に気配が去った頃、シアーシャが息をついて体の力を抜いた。

「もう動いて大丈夫ですよ。あ、でも大きな音は立てないでくださいね。声も小声で」

「……なるほど、音か」

「はい。熱かとも思いましたけど、隊長さんや走っている人に群がっていたので」

あの化け物には目が見当たらなかった。

地中で過ごすのには不要なのだろう。

その分、音を頼りに獲物を探しているようだ。

普段は地中深くに潜伏し、獲物が迷い込んだ時に出てくる化け物。

「これが異大陸の生物か。生態系が違う、どころの話ではないぞ……」

「いやぁとんでもないところに来ちゃいましたね」

他人事《ひとごと》のようにシアーシャが笑う。

護衛の難易度が、想定以上に高くなりそうなことを悟ってジグが天を仰ぐ。

異大陸でも空は青かった。

「よし、一旦船に戻るぞ。海上までは追ってこられまい」

「…………」

気を取り直して次の行動に移ろうとするが返事がない。

怪訝に思いシアーシャを見ると、魂の抜けたような目で海の方を向いていた。

とても、嫌な予感がする。

見るべきではない。

だがそうも言っていられない。

振り向きたくない衝動を何とか押さえつけてゆっくりと振り返った。

角の生えた鯨《くじら》。

ただし大きさは角抜きで体長五十メートルほど。

その鯨が、本隊の巨大な船を角で貫いていた。

体が海から半分以上出るほどの突き上げを食らって、船はくの字に折れたあとバラバラに崩れ落ちる。

周囲の船はその衝撃で転覆、あるいは沈没する。

無事だった船もあったが、よく見ると船体に何かが取り付いている。

人型だが、その姿は人間とは程遠い。

体は鱗《うろこ》で覆われ指や足に水かきがついている。

醜悪な顔をした無数の化け物が、船に乗り込んでいた。

岸では別の部隊がミミズのような化け物に襲われ、乗ってきた船には先ほどの鱗人間。

「…………」

「…………」

ジグとシアーシャはその光景をしばらく眺めていた。

「……さて、と」

「はい」

二人は同時に踵《きびす》を返す。

「いくか」

「そうですね」

彼らの冒険は始まったばかりだ。

†

彼らは出立してから二日ほどして、丘から見えた村に着いた。

上陸した他の人間のことは知らない。もしかしたら生き残りがいるかもしれないが、それを確かめる気も、ましてや助ける気もなかった。

どさくさに紛れて姿をくらませるつもりだったので、携行の食料などはある程度余裕を持たせていたが、今は補給ができない。

こちらの通貨は持っていないが、どうにかして食料などを調達する必要があった。

「現地人と初めての接触か。ただの村に見えるが、一応警戒しておけ」

「はい。言葉、通じなかったらどうしましょう……」

「祈れ。一応三つほどの主要言語は話せるが、期待するな」

「魔女の祈りを聞き届けてくれる神様よりは確率が高そうですね。……というか何気に博識？」

「仕事柄いろんな国、人種と触れることが多いからな。文法とかはともかく日常会話程度ならなんとか行けるだけだ」

敵がいた、報酬はいくら、腹が減った。

自分の意思を伝える程度ではあるが、必要に迫られると案外何とかなるものだ。

ジグたちは意を決して踏み出した。

村の中に入ると、農作業をやっている人たちが見えてくる。

茶髪やくすんだ金髪の者が多く、特段珍しさを感じない。

その中の一人に声を掛けてみる。

歳は四、五十くらいだろうか。

農作業で日に焼けた女性は、ジグの顔を見るとにっかりと笑った。

「少しいいか」

「うん？　見ない顔だな兄ちゃん。旅人かい」

言葉が、通じる。

それも普段使いの共通言語だ。

内心で思わずガッツポーズをとりながらジグは尋ねる。

「どこかで食料を分けてもらえないか？　それから、どこか休める所を」

「金はあるんかい？」

「ない。乗って来た船が難破してしまってな。物々交換でもいいか？」

「船ぇ？　もしかして兄ちゃんたち、あの海を渡ってきたのかい？」

「ああ」

ジグが肯定すると心底あきれたようにため息をつく。

「死ぬ気かい？　魔海を渡るなんて正気じゃない」

「魔海？」

「そんなことも知らないなんて、よっぽど遠くから来たんだねえ……」

こちらの人間には異大陸という認識がないのだろうか。

田舎故の知識のなさか、大陸全体の認識なのか区別がつかない。

「とは言ってもあたしも直接見たわけじゃないんだけどね。実際あそこに行って生きて帰ってきたものはほとんどいない。あそこにはとんでもない魔獣が、わんさかいるからね」

魔獣。

まさかここでその言葉を聞くとは。

おとぎ話の存在である魔獣が、この大陸では残っているというのか。

だが、あの化け物。

あれに名をつけるなら、魔獣という名が最もふさわしい。

ジグも実際見ていなかったら信じてはいなかっただろう。

「兄ちゃんたち、運がよかったよ。ああ、そういや食料だったね。今年は豊作だから、たいていどこでも物々交換できるよ。うちとするかい？」

「頼む」

ジグはいざという時のために、小粒の宝石を常に持っている。

主要都市から遠い田舎だと通貨がないなんてザラだし、他国の通貨をどうしても用意できないことがあるためだ。

どの国でもある程度の価値があってなおかつ捌《さば》きやすい品を探した結果、小粒の宝石になった。

準備のいい傭兵は、多かれ少なかれこういった手段を持つのが定石だ。

娘が喜ぶと快く交換に応じてくれた女性に頭を下げて礼を言う。

「この辺に大きな街はあるか？」

「村を出て東にずっと行けば、五日ほどでハリアンって街に着くよ。この地方じゃ一番大きな街さ。そんなもん背負ってるんだし剣は使えるんだろう？　冒険者になるのもいいかもね」

そう言って女性は仕事に戻っていった。

「……冒険者？」

聞いたことのない職業だ。

冒険するのがなぜ仕事になるのだろう。

気になったが、何度も仕事を邪魔するわけにもいかない。

ジグはシアーシャのところに戻った。

「……」

シアーシャはじっと一点を見つめている。

何をしているのか声を掛けようとしたところで気づく。

刺激臭だ。

ほんのわずかな、シアーシャと戦った時に比べると天と地ほどの差があるが、間違いなく、魔術の匂い。

彼女ではない。

即座に匂いの元へ構える。

シアーシャの斜め前に移動、腰を落として双刃剣に手を掛ける。

「落ち着いてください。あれです」

シアーシャが指す方へ警戒を解かずに視線を動かす。

「なんだと……？」

そこでは青年が指に火を灯していた。

火をつけようとしていたのか、竈《かまど》につまった薪に近づけて息を吹きかけている。

周りの人間は気にも留めていない。

それが当たり前の光景であるように行われている。

まさか。

「まさか、魔術まで使われているとは思いませんでしたよ」

「あいつは魔女なのか？」

シアーシャは無言でかぶりを振る。

「間違いなく人間です。ずっとここで観察していました。個人差こそありますが、誰でも魔力を持っています。ここでは、魔術が生きているんですね……」

何かに感じ入るようにシアーシャが上を向く。

大陸を渡った先で思わぬ共通項が見つかった。

漠然と感じる気持ちを何と呼んでいいのか分からない。

分からないが、悪い気持ちではなかった。

「……」

シアーシャに気づかれぬようにジグが表情をゆがめる。

魔術は非常に強力だ。

敵に回した時の危険性は身に染みている。

それを誰もが使える可能性があるなど冗談ではない。

あの青年を見る限り大した術は使えない可能性もあるが――。

「……希望的観測は捨てるべきか」

「どうかしましたか？」

「いや、なんでもない。空いている納屋を借りられた。今日はそこに泊まるぞ。日の出とともに出発だ」

「了解です。次はどちらに？」

シアーシャに今後の予定を伝えながらも、ジグの意識は魔術のことにあった。

魔獣なんてものがいるこの大陸で生きている人間たちが、魔術を活用していないとは考えにくい。

まず間違いなく戦闘用の術を編み出していることが考えられる。

魔女ほどの術を使うとは流石に考えにくいが、力がないものゆえの工夫というのは侮《あなど》りがたいものだ。

本格的に、魔術相手の戦闘方法を確立する必要がある。

これからのことを考えつつ、上機嫌なシアーシャを連れて村のはずれにある納屋に向かった。

†

「仕事をしようと思うんですよ」

村を出て二日。

ハリアンへの道中で唐突にシアーシャが提案する。

ぴたりとジグが止まる。

一瞬考えたのちに歩き出す。

「その心は？」

「ズバリ、人間社会に溶け込むことです」

どや顔で腰に手を当てている彼女に無言で続きを促す。

「いまさら魔術を使わずに生活するのは私には難しいんですよ。二百年以上そうしてきましたから」

「そうだろうな」

さらりと告げられた年齢に驚きつつも、話の腰を折らぬようにする。

「だから最初は情報を集めて、人目のない静かなところで過ごそうと思ったんですよ」

「ああ。俺もその予定だった」

だがあの村でのことが頭に浮かぶ。

魔術があり、それが当たり前のこととして受け入れられている社会。

「もし魔術を使うことに何の問題もないのだったら、変に離れて耳目《じもく》をひくより、その中に溶け込む方がいいいんじゃないかなって思ったんです」

それに、とシアーシャが続ける。

蒼い瞳に映るのは今までとは違う。

それは、期待の色だった。

「人間の良いところを知ってみたいと、思ったんです。今まで悪いところばかり見てきて、良いところに目を向けたことがなかったので」

「そうか」

「はい。……ここは心変わりの理由を聞くところですよ？」

こちらを不満気に見上げながらシアーシャが口をとがらせる。

その様子に思わず苦笑する。

「……なぜだ？」

「よくぞ聞いてくれました」

望む返答に満足げなシアーシャ。

「それはですね……」

言葉が途切れる。

視線の先、道の真ん中に巨大な猪がいた。

大きさは牛ほどもあろうかという巨体で、体を覆うのは体毛だけでなく鈍い色をした甲殻。

牙は体の半分ほどもあり、使い込まれた傷跡が歴戦の風格を漂わせている。

「猪……ですかね？」

「鎧をつけた猪など聞いたことがないがな」

既にジグは武器を抜いて戦闘態勢だ。

鎧猪《よろいいのしし》もこちらを敵とみなしたのか、血走った目で地面を蹴っている。

シアーシャが憤然としながら術を組んだ。

「もう！　いいところで邪魔しないでくださいよ！」

八つ当たり気味に放たれた術が猪を攻撃する。

地の杭が鎧猪を下から襲う。

無防備な腹部を攻撃したが、なんと折れたのは杭の方だった。

「硬ぁっ!?」

鎧猪は平然としているが、攻撃されたことで火が付いた。

吠え声とともに突進する。

その速度は速く、走って逃げるのには無理がある。

「引き付ける。攻撃は任せた」

ジグが前に出た。

猪の突進をなるべく引き付けて躱すと、その勢いで回転しながら左腹部を斬りつけた。

鎧を削り傷をつけるが、肉には至らない。

あまりの硬さに舌打ちしながら距離をとる。

ダメージは与えられなかったが注意をひくことには成功したようだ。

シアーシャから引き離すように距離をとっての追いかけっこが始まった。

猪突猛進という言葉があるが、これは猪には当てはまらない。

彼らは四本の足を使い地面をつかみ、機敏な方向転換を可能とする。

ジグはその攻撃を巧みにフェイントを交えて躱し、すれ違うたびに鎧に覆われていない箇所を斬りつけた。

シアーシャはその攻防に術を差し込めず、見ているしかなかった。

だが何もしていなかったわけではない。

魔力を練り上げ、最高の一撃を繰り出す隙を窺《うかが》っていた。
そして、その時が来る。
体中の細かな傷から血を流し続け、わずかに動きの鈍くなった猪。
また突進を躱された。
側面から斬られる前に強引にブレーキをかけ、猪は牙を大きく横に振るった。
その攻撃を待っていたジグは身をかがめる。
「ふっ！」
轟音と共に振るわれた牙をやり過ごし、渾身の一撃を見舞う。
前足の膝裏。
牙を振るうために上げられた前足の着地を狙う。
鎧に覆われておらず、曲げられた膝に双刃剣が叩き込まれた。
骨を避けるように振るわれた剣は足を断ち切った。
バランスを崩して倒れこむ猪に押しつぶされぬように距離をとる。
そこにシアーシャの術が叩き込まれる。
三倍ほどの大きさの杭が左右から襲う。
魔力を込めて硬度の増した杭は鎧ごと猪を貫いた。
苦痛に咆哮を上げる猪。

その頭を三本目が真下から串刺しにした。

†

「とんでもない化け物だったな」

武器の手入れをしながら鎧猪の死体を見る。

牙をまともに食らえば人間などひとたまりもないだろう。

シアーシャの攻撃力があればこそ倒せたが、剣だけでこれを仕留めようと思ったらいったいどれほどの犠牲が出たことか。

「魔獣がここまで強いとは……正直、想定外でした」

こんなのがうろついているのだとしたら、魔女ですら危ない。

人里に紛れる方がよっぽど安全だ。

「ふむ……」

手入れを終えたジグが猪の死体に近づく。

体の中でも最も大きい側面の甲殻を見る。

杭に貫かれて割れてしまっているが、それでも十分に大きい。

ジグはナイフを取り出すと甲殻を剥《は》ぎ取ろうとする。

「何やってるんですか？」

「これだけ見事な甲殻だからな。売れるかもしれん。肉も食いたい」

「硬そうなお肉ですね……」

強固についているためシアーシャの術も使い、時間をかけて切除していく。

牙も好事家《こうずか》に売れそうなので取っておく。

剥ぎ取ったそれを置くと今度は肉を捌こうとする。

しかし、いざ肉を切ろうとした時に何かがでてきた。

「なんだ？」

真っ白な糸状のそれは野生生物にはお馴染《なじ》みの寄生虫だ。

ただし、サイズがミミズほどもある。

そいつは頭（？）を左右に振るようにして体から這い出るとボトリと地面に落ちた。

その一匹を追うように後からうじゃうじゃと出るわ出るわ。

「……」

ジグは無言でナイフを仕舞うと身支度を整えて歩き出し、シアーシャが後に続いた。

彼女の体は鳥肌だらけだった。

「まったく、おちおち肉も食えん」

「……しばらくお肉食べたくないです」

（二章）冒険者

村を出てから七日。

ハリアンに着いたのは予定より二日ほど遅かった。

旅慣れていないシアーシャにペースを合わせたためだ。

ハリアンは思っていたよりも大きな街で、人通りも激しい。

武装している者もそれなりにはいるが、ジグの知るタイプの人間ではない。

傭兵とも、兵士とも違う雰囲気をした彼らが少し気にかかった。

「なかなか大きな街だな」

素っ気ない感想のジグとは対照的に、シアーシャは声も上げずにあちこち見まわしている。

口を開けてキョロキョロしているさまは、完全におのぼりさんだ。

「ジグさんジグさん、あれなんですか？」

「舞台の宣伝だな」

「あれは？」

「氷菓の一つで、乳製品を固めたものだ」

子供のようにはしゃぐシアーシャに一つずつジグが答える。

「じゃああれは？」

「あれは…………なんだあれ？」

シアーシャが指さしていた人物は、ジグの知らないものだった。

毛深い。

毛が濃いとかいうレベルではない。

全身を毛で覆われていて、耳は頭の横ではなく上についている。

二足歩行する狼がいた。

魔獣、ではなさそうだ。

服を着てリンゴをかじる様は人間と差がなく、周囲の人間も何の反応も示さない。

村で魔術を見た時と同じくここではあれが普通なのだ。

気づいてから周囲をよく観察すると、ちらほらと動物が二足歩行しているのがみられる。

会話もしているので言葉は通じるようだ。

「いろんな人がいるんですね」

シアーシャが感心したように言う。

「それで済ませていいのか……？」

そもそもあれは人なのだろうか。

疑問に思いつつも足を進める。

「色々興味が尽きないのは分かるが、とりあえず金だ。こちらの通貨がないと何もできん」

それに邪魔なのだ。

さっきから道行く人が迷惑そうにジグたちを避けている。

「はい。それを買い取ってもらえそうなところってどこでしょう？　鍛冶屋でしょうか」

シアーシャがジグの背負う鎧猪の素材に目を向ける。

「鍛冶屋……でいいのか？　生物からとれた素材で武具を造るような原始的な製法なんてやっているのか？」

ジグは好事家に売りつけるつもりだった。

あちらの大陸では雄鹿の見事な角などは美術品として需要があった。

「でもこっちの生物は普通じゃありませんし。この牙とかすごいですよ」

「確かにな。寄るだけ寄ってみるか」

それらしい店を探して大通りを歩く。

しばらく歩くと、ジグにとって馴染み深い音が聞こえてきた。

金属を叩く音を頼りに進むと大きな鍛冶屋に着いた。

客の入りも多く、店構えも悪くない。

「いらっしゃいませ。何をお求めで？」

中に入ると店員らしき女性が声を掛けてくる。

「こいつを買い取ってほしいんだが、ここはそういうのやってるか？」

そう言ってジグが背負っていたものを見せると、「はい、大丈夫ですよ。こちらにお持ちください」と、店員はジグが背負っているものを一瞬見た後で奥へ案内した。

奥へ進み、受け取りに出てきた店員に渡す。

「うぉ!? ちょ、ちょっと手伝え！」

甲殻を持ち上げようとしてふらついた店員が応援を呼ぶ。

数人でよろよろと運んでいくのを見てすこし不安になる。

「査定まで少し時間がかかりますので店内を見てお待ちください」

査定が終わるまでの時間潰しに店内を見て回る。

この店は珍しいことに、金属だけでなく生物を素材に使った武具も多くある。

魔獣の素材は金属に匹敵しうる素材ということだ。

ジグは店を見て回るうちに怪訝な表情になる。

「……この店おかしいぞ」

「なにがですか？」

ジグが呟いたのを聞いてシアーシャが寄ってきた。

「量産品が少なすぎる。一点物ばかりだ」

「それっておかしなことなんですか？」

「大量生産がきかない武具は兵に嫌われるんだよ。管理するのが大変だし、隊列を組む時に、いちいち個人の武器を考慮してなんてやってられんからな。指導の効率も悪い」

「なるほど……あれ？　でもジグさんの武器はかなり珍しいですよね」

双刃剣もかなり特殊な武器ではある。

「槍も使えるぞ。昔、団に所属していた時は槍兵だったからな。今はフリーだからある程度融通が利く。色々模索した結果こいつを使っている。傭兵に限った話ではないが、どの武器もある程度は習わされる」

一点物ばかり扱う店もないわけではないが、ほとんどはお偉いさんの装飾武器みたいなものだ。

「つまりこの店のメインターゲットは、傭兵や兵士ではないということですか」

「そうなるな。しかし傭兵でも兵士でもない客相手だけで、こんな大きな店が成り立つものか？」

「確かに、誰に需要があるのか見えませんね」

思案にふけるジグたちに、査定が終わったのか店員が話しかけてきた。

「お待たせしました、査定が終わりました。こちら鎧長猪《よろいおさいのしし》の牙と甲殻二点で五十万ドレンになりますが、よろしいでしょうか？」

武具を見ていた客の何人かがちらりとこちらを見た。

多いか少ないか分からない。

聞いたことのない通貨だ。

「それでいい」

「かしこまりました。すぐにお持ちします」

しかし他に手もないので、買い叩かれることを覚悟して頷く。

周囲の客の反応からして、そこまで低い金額ではないと期待する。

カウンターに店員が持って来た金を置く。

トレイに載せられた硬貨の量は中々のものだ。

確認のために店員が数えた後に袋に詰める。きっちり五十枚だったので金貨一枚で一万ドレンなのだろう。

「聞きたいんだが、ここで一番オーソドックスな剣はいくらで買える？」

ジグが袋を受け取りながら尋ねた。

「そうですね……鉄製の長剣《ロングソード》が五万ドレン程でしょうか」

「なるほどな。ありがとう」

大体の相場を聞いたジグが店を出ようとする。

その背に店員が声を掛けた。

「私からも聞いてよろしいでしょうか」

「……なんだ？」

店員はジグの目を見た。

「魔獣を倒したのは、あなたですか？」

「いや、彼女だ」

店員の視線はシアーシャに移る。

シアーシャは薄く微笑んでいる。

「……ありがとうございました。またのご来店をお待ちしております」

店員に見送られて店を出る。

シアーシャが首を傾げた。

「なんだったんでしょう」

「さあな。それよりツイてるぞ。思ったよりいい値段で売れた」

思わぬ収入にジグは口の端が緩むのを隠す。

「宝石に比べるとずいぶん額が少ないですけど、こっちではそうでもないんです？」

「あれと比べてやるな。向こうでの話だが、鉄剣一本でだいたいひと月分の食費になる。宿代は抜きだがな」

「つまり二人で半年近くは持つわけですか。確かに中々」

それだけの時間があれば仕事を見つけるのは難しくない。

とにもかくにも現地通貨が手に入った。

これから本格的に行動できる。

「だがその前に」

「はい」

二人の意見は同じだ。

「まずは飯だな」

「はい！　もう硬いパンはごめんです」

†

適当な飯屋に入ったジグとシアーシャは、久しぶりのまともな食事に舌鼓《したつづみ》を打った。

しばし会話もせずに食べていた二人は、人心地がついたあたりで周囲の会話に耳を傾ける。

「最近どうよ？」

「近頃、魔獣が活発化してきたな。新入りどもに注意しとかにゃあ」

「もうそんな時期か。稼ぎ時だぜ」

「そういや聞いたか？　街道に大物が出た話。ギルドが懸賞金をかけたとか」

「今、うちのトップが参加者集めてるよ」

「うちも上はやる気満々なんだが数が揃わなくてな。近々そっちのクランに共闘を提案するかもしれん」

「実はうちも数が足りねえ。四等級以上の冒険者なんて、そうそう予定が合わねえっての」

漏れ聞こえる会話に覚えのある単語があった。

「冒険者……前に村で聞いたやつか」

「初めて聞く職業ですね。魔獣退治が仕事なんでしょうか」

「それなら冒険者って名前は変じゃないか？　害獣駆除といえば狩人だろう」

「あれを害獣駆除で片づけるのは、無理がありませんかね……」

「嬢ちゃんたち、冒険者に興味あるのかい？」

二人で冒険者について話していると皿を下げに来た店員が話しかけてきた。

ジグが答えようとしたが、店員の興味がシアーシャに向いていることに気づくと、彼女に対応を任せた。

意図を汲んだシアーシャが微笑みながら店員に聞く。

「そうなんですよ。辺境から出てきたもので知らないことだらけで……どんな職業なんですか？」

整ったシアーシャの笑顔に、相好を崩した男は饒舌《じょうぜつ》に語り始める。

余計なところがずいぶん多かったので時間がかかったが、要約すると。

ギルドなる組織が束ねる魔獣討伐を生業《なりわい》とする者。

仕留めた魔獣に応じて報酬が支払われ、素材などを売って生計を立てている。

束ねるという表現をしたものの実態はかなり自由であり、パーティーやクランを組むのは当事者達にゆだねられている。

「魔獣専門の傭兵集団みたいなものか」

「兄さん、その言葉は冒険者の前じゃご法度《はっと》だぜ」

ジグが口にした言葉に男が注意をする。

思わぬところで禁句を口にしてしまったようだ。

しかしジグには何がまずい発言だったのか分からない。

「どうしてですか？」

「彼らは傭兵なんかと一緒にされることを極度に嫌うんだ。人の命を食い物にしてるような人種と一緒にされちゃ困る、冒険者ってのは誰にも縛られず自由に生きるもんだ……ってのが彼らの主張だ」

「えっと……」

男のずいぶんな物言いに、シアーシャはジグを気にしてちらりと横目で見るが本人は素知らぬ顔だ。

「ま、俺に言わせりゃ欺瞞《ぎまん》もいいとこだけどね。人を食い物にするのも魔獣を食い物にするのも大差ないでしょ、気に入るかどうかってだけで。彼らだって自由に好きにやってるわけじゃなくて、結局需要があって収入になるからやってるだけだし」

「へえ……」

この店員、面白いことを言う。

おちゃらけたもの言いとは裏腹に、自分の考えをしっかり持っているようだ。

やや極論気味ではあるが。

「まあその需要の関係で、この辺の傭兵は、本当にゴロツキ紛いの犯罪者もどきが多いから、気を付けた方がいいんだけどね」

ジグの頭がフリーズする。

男の言葉の意味を理解するのに時間がかかったからだ。

その様子に気づかずシアーシャは疑問をそのままぶつけた。

「需要の関係って、つまり戦争が減ったってことですか？」

「減ったなんてもんじゃない。細かい小競り合いを除けば、ほぼなくなったようなもんだよ」

「ありえない」

とっさに口をついて出た言葉にジグ自身が驚いている。

だが偽りのない言葉だった。

ジグは大通りで見た狼人間を思い出す。

肌の色や文化の違いだけで何百年も争い続けてきたのだ。

あのような人型の知的生命体を人間が許容できるとは思えない。

「魔獣だよ」

しかしジグの否定はあっさりはねのけられる。

「ずいぶん昔に魔獣が活発化して、大規模な争いが起きると、どこからともなく魔獣の群れが大挙して押し寄せてくるようになったらしい。どちらの陣営も等しく襲われて大きな被害が出た。そんなことが何度も繰り返された結果……」

戦争は起きなくなった。

しないのではなく、できない。

魔獣が闊歩するのと引き換えに、この地は戦争を止めることができたのだ。

それがいいことなのかはジグには判断がつかない。

「そこで生まれたのが冒険者って職業さ。兄ちゃんたちも腕に自信があるなら一度なってみれば？　やめるのは簡単だし、腕さえあればのし上がれる世界だよ」

「考えてみます」

「ねえねえ、今度俺と一緒に……」

男がシアーシャのナンパを試みたところで、店の奥から怒鳴り声が飛んでくる。

渋々奥に下がる男を尻目にジグが大きなため息をついた。

「なんということだ……」

想定外のことには慣れていたつもりだったが、これには流石のジグもどうすればいいか分からない。

人がいる限り争いは必ず起こる。

一時、平和が訪れてもいつか必ずその時は来るのだ。

傭兵という職が仕事にあぶれることはなかった。

それがまさか、外的要因で一掃されてしまうとは。

「……大丈夫ですか？」

「今はとりあえず、目の前の仕事に集中するさ。後のことはその時考えよう」

シアーシャは気遣うようにジグを見ていた。

「今はそれより自分の心配をしろ。仕事の目星は付いたのか？」

「一応は」

「ほう、なんだ？」

彼女は先ほどまで話をしていた男たちのテーブルを見ている。

半ば分かっていたが念のため聞いておく。

「私、冒険者になってみたいです」

妥当な選択だろう。

身元の不確かな人間でもなれて、腕さえあれば良い収入もある。

本来なら腕のところが壁となるのだが、彼女は魔女だ。

たとえこの地の人間が魔術を使えるといっても、彼女には到底及ぶまい。

今までずっと一人でいた彼女に、急に人間社会に交ざって働けというのも酷な話だ。

「いいんじゃないか。向いてると思う」

「本当ですか？」

「ああ」

先ほどの店員にギルドの場所を聞いてから店を出る。

必要なものを買いつつギルドに着いた頃には夕暮れ頃になっていた。

ギルドは思っていたよりずっと立派な建物で、人の出入りも激しい。

ギルドを前にシアーシャは落ち着きがない。

今まですべてジグがこの手の対応をしてきたため無理もないだろう。

宝石を売った時のように威圧すればいいわけでもない。

そわそわとしながらジグを見る。

「ど、どうしたらいいんでしょう？」

普段落ち着いている彼女は見る影もない。

何が分からないかも分からないといった様子だ。

「落ち着け。あまり挙動不審だと舐められるぞ」

「それはいけませんね！　分かりました、まず一発かまして上下関係を分からせればいいんですね!?」

逆効果だったようだ。

あたふたと術を組もうとする彼女をどうやって冷静に戻したものか。

そういえば、自分が子供の頃はどうされていたか。

おぼろげな記憶を掘り返しつつシアーシャの正面に回る。

「ジグさん……？　うわぁ!?」

おもむろに脇に手を差し込むとそのまま持ち上げた。

いわゆる、たかいたかいである。

「ちょっ、放してくださいよ！」

道行く人が何事かとこちらを見るが、気にも留めない。

急に持ち上げられたシアーシャは暴れたが力ではかなうはずもない。

しばし暴れたが、ジグが放す気がないと気づいたのかおとなしくなった。

「……どうしたんです、急に」

無駄な抵抗と気づいて、だらんとされるがままの姿は猫のようだ。

「落ち着いたか？」

「ええ、まあ。……見苦しいところをお見せしました」

バツが悪そうにする彼女を降ろしてやる。

その頭に手を置いた。

「初めてのことだ、無理もない。だが人の世で生きていく上で避けては通れんことだ」

「……はい」

「失敗を恐れるな、とは言わん。だがいつか、今日のことを思い出して笑えるようにやってみろ」

「……やってみます」

「よし」

わしわしと頭を撫《な》でる。

くすぐったそうにした彼女は髪を整えて長く息を吸う。

吐いた時には震えは止まっていた。

「見ていてくださいね」

「ああ」

後ろを見ずに言えば素っ気ない声。

その声に心地よさを感じながら勢いよくギルドの扉を開けた。

†

ギルド内の視線がこちらに向けられる。

露骨ではないが、横目で値踏みするようなねっとりとした視線だ。

ジグの方へは力量を測るような。

シアーシャにもその手の視線が向いたが、それ以上に容姿に対する感嘆の視線が多い。

その視線に怯まず、というよりは気にする余裕がないシアーシャは、真っ直ぐに受付へと向かう。

時刻のせいか受付はあまり混んでいないようだ。

冒険者たちは併設されている食堂で今日の成果を祝い、反省し、次の計画を立てている。

受付にはすぐにたどり着けた。

「本日はどのようなご用件でしょうか？」

受付は女性だった。

そのことに少し安堵しながら用件を言う。

「冒険者に登録したいんですが」

「新規登録ですね。二名様でよろしいでしょうか」

受付嬢がジグの方を見つつ聞いてきた。

「い、いえ。彼は私の付き添いです。登録は私だけです」

「かしこまりました。ではこちらに記入を。書けなければ代筆もできますよ」

「だ、大丈夫です」

「それからお手数ですが、血を一滴、こちらに垂らしてください」

まごつきながらもなんとか応対できている。

渡された紙や針に魔術が使われているのに、少し驚いたが落ち着いて記入する。

紙を渡すと確認される。

「こことここ、記入漏れがあります」

「あっ！　す、すみません……」

多少のミスをしつつも登録は滞りなく進んでいった。

シアーシャが、書き直した書類と血を垂らした紙を受付に出す。

「……っ」

血を垂らした紙を確認した受付嬢がわずかに表情を変えるが、シアーシャに気づく余裕はない。

しかしジグには気づかれていた。

彼の視線に気づいた受付嬢が咳払いをする。

一通りの確認が終わった後に受付嬢が書類を仕舞う。

「それでは最後に、簡単な面談と説明をします」

「はい」

これが最後とシアーシャが姿勢を正す。

「見たところ武器を使うようには見えませんが、魔術師ですか?」

「はい」

「攻撃系ですか?　防御系ですか?」

「え?　えと……」

こちらの魔術については詳しく知らないので、迂闊《うかつ》なことは答えられない。

想定外の質問にシアーシャが固まる。

「辺境の出でな。感覚でやっているから、基礎知識や常識に疎いところがあるんだ」

返答に詰まった彼女に助け舟を出す。

彼も詳しいわけではないが、前後の会話から何となくそれっぽい言い訳ぐらいは思いつく。

「そうでしたか。もしよろしければ、こちらで参考書の貸し出しや指導官を手配することもできますので、ご一考ください」

「はい」

彼女は参考書という言葉に興味を惹《ひ》かれた。

ほとんど独学、感覚でやってきたのでこちらの魔術様式はぜひ知っておきたい。

「今後、他の方とパーティーを組む予定はありますか？」

他所に行きかけた思考が受付嬢の質問で引き戻された。

興味は尽きないが今は目の前に集中すべきと、シアーシャは自制する。

誰かと組む、か。

考えたこともない。

今までずっと一人で戦ってきた。

前までの自分なら即座に否定したであろう。

しかし今は――。

「分かりません」

「そうですか。これは強制ではありませんが、ぜひ前衛を任せられる方と組むのをお勧めします。魔術師は接近されると非常に脆《もろ》いので」

そう、分からないと答えるくらいには考えは変わっていた。

それに受付嬢の言うことも納得できる。

シアーシャはジグとの戦闘を思い出す。

彼はあくまで人間だ。

街一つ沈めることも火の海にすることも到底できまい。

だというのに近づかれると途端に手に負えなくなる。

相性の問題と彼は言っていたが、はっきり言ってとても悔しい。

自分なりに対近距離の術を組んでいたのだが通用しなかった。

魔女の、魔術師の弱点は近距離戦というのは紛れもない事実だった。

特に魔獣は耐久力があるため近づかれる可能性は極力排除するべきだ。

「ギルドに申請しておくと、同じくパーティーを探している方を紹介することができます。ただし申請にはある程度依頼をこなすことが求められます。また素行に問題があったり、依頼の達成率によっては、申請を拒否されることもあるので気を付けてください」

彼女は規則や注意事項を細かに説明されるのを聞き逃さないよう意識を傾けた。

†

シアーシャへの説明を聞くに、導線はそれなりにしっかりしているようだとジグは安堵する。

こちらはもう問題ないだろうと意識を周囲に移した。

向けられた視線を探っていく。

ほとんどがシアーシャに向けられたもの。

男は容姿に見惚《みと》れ、女性は嫉妬や羨望の目を向けている。

魔女であることを悟られたわけではなさそうだ。

ジグに向けられた視線は二種類のみ。

珍しい武器を観察するものと、彼の実力を読み取ろうとするものだ。

立ち居振る舞いだけで正確な実力を測ることはできないが、その人物が「できる」かどうかくらいは分かる。

後者はジグを見て、それを理解できるだけの実力がある者たちということだ。

彼らに対してジグは一瞬だけ、しかし鋭い睨みを飛ばす。

視線に気づかれ、返された凄味に思わず腰が浮き得物に手が伸びる冒険者。

しかし流石に実力者、意図に気づきすぐに冷静さを取り戻す。

ジグは既にそちらを見ていない。

傭兵をしていればこのぐらいは日常茶飯事だ。

普段の彼なら気にもしないが今は護衛をしている身。

誰を護っていて、手を出すなと牽制をする必要があった。

そうして周囲を見ていると、この地に来て何度目かも分からない違和感を覚えた。

女性が多い。

当然だが男と女には歴然とした身体能力差がある。

才能に恵まれた女が人生すべてを剣に捧げても、少し腕のいい男の傭兵に敵《かな》わないほどだ。必然、女性の傭兵などまず見るものではないし、居たとしても気づけないほどの姿形になりている。

そのはずだが、このギルド内をパッと見ただけで二割は女性がいる。

いずれも剣を振るえるとは思えぬほどの細腕だ。

異常といっていい光景にジグはめまいを感じる。

そうこうしているうちに登録が終わったようだ。

小さなカードのようなものを受け取ったシアーシャが、受付に頭を下げた後にこちらを向く。

「これで私も冒険者です」

緊張から解放され胸を張ってカードを見せている。

「ああ。よかったな」

「ありがとうございます。まずは一歩です。……とは言っても今日はもう遅いので本格的な活動は明日からですね」

「もう戻るか？」

「その前に二階に資料室があるみたいなんで、参考書を借りても構いませんか」

「ああ」

受付の脇にある階段から二階へ上り端の方にある部屋に入る。

部屋には所狭しと並んだ本棚、そして独特な紙の匂いがした。

「……素敵ですね」

本が好きなのかとても嬉しそうだ。

奥の管理人と思しき人物の方へ向かう。

シアーシャが管理人と話している間に本棚を眺めてみる。

何やら小難しい本が多く、字は読めても内容はまるで理解できなそうだ。

「ほう、これは……」

そのままタイトルを流し見していると、興味をそそる物を見つけた。

魔獣図鑑と記されたそれを手に取って読んでみる。

魔獣の名称、生態、似姿などが書かれており有用な情報となりそうだ。

「ジグさん」

気が付くと結構読み込んでいたようで、シアーシャは本を選び終わっていた。

本を閉じると棚に戻す。

「もういいのか?」

「それなんですけど……お金、かかるみたいです」

「……借りるのにか?」

管理人が言うには担保のようなものらしい。

本の値段分を払い、返却した際に破損状況次第で返ってくる金額が変わる。

経年劣化以外の破損がなければ全額戻るので、大事に扱ってくださいと管理人に頭を下げられる。

「なるほど正論だな。いくらだ？」

管理人の言うことももっともだと、財布を取り出してなにげなく聞く。

シアーシャが気まずそうにしながら値段を告げた。

「一冊、十五万です……」

「………………ほう？」

ちらりとシアーシャを見る。

彼女が持っているのは二冊。

額にわずかに汗がにじむ。

「あのあの、私なら時間ある時に立ち読みにくるんで……」

「必要な、知識なんだろう？」

金貨を取り出すとトレイに置いていく。

きっちり三十枚載せて管理人に突き出す。

ギルドカードの番号を控えて期限等を確認して手続きは終了。

本を受け取ったシアーシャが頭を下げる。

「ありがとうございます」

「気にするな。大事に読んでくれ」

「はい！」

嬉しそうな顔をするシアーシャ。

ジグを見た管理人は思う。

脂汗さえかいていなければかっこよかったのに、と。

†

朝早くから起きた二人は、宿で朝食を済ませるとギルドに向かった。

早めに来たというのに、それなりに人が来て依頼を吟味している。

「ではあとで」

シアーシャもその中に入っていき、今日の仕事をもぎ取りに行く。

ジグはその喧騒に背を向けると受付に向かった。

先日とは別の受付嬢がジグに気づいて対応する。

先日シアーシャが部外者は同行できるのか質問した際に、申請をすれば可能とのことだったので、その手続きのためだ。

手続き自体は非常に簡単なものだそうだ。

この制度を使うものはそれなりにいるらしい。

主には荷物持ちだが、魔獣生態研究の学者などが使うこともあるとか。

「同行者申請をしたい」

「初めてでしょうか？　まずはこちらの書類にご記入ください」

冒険者の登録に比べると、ずいぶん簡単なそれに手早く記入して渡す。

書類を確認して説明を受ける。

「同行者には特に制限がかかりませんが、その分ギルドからの保証もないので十分注意して同行するようにしてください。また、他の冒険者との諍《いさか》いにギルドは一切干渉いたしません」

「襲われた場合はどう対処すればいい」

「憲兵に被害届を出してください」

「素晴らしい対応だ。ありがたすぎて涙が出てくる」

「恐れ入ります」

ジグの皮肉に顔色一つ変えずに、営業用スマイルを保って同行許可カードを受け取る。

同行は許可するが、何があっても責任は取らない。

あくまで国民として、この国の法律に従って裁かれるだけというわけだ。

死人に口があれば、だが。

申請が終わると依頼板の方に戻る。

シアーシャは先に依頼を選び終わっていたようだが、一人ではなかった。

両隣にいかつい男が二人座っていた。

「まったく」

彼女の容姿を考えれば当然かもしれないが、男が寄ってくる。

下手をすれば普通の護衛より面倒かもしれないが、そうも言ってられない。

ジグはため息をつきながら近づく。

しかし聞こえてくる会話から彼の予想とはずいぶん状況が違うようであった。

「なるほど。それで魔術を簡略化しているんですね」

「そういうことよ。シアーシャちゃんは覚えがいいなぁ！」

「教え方がいいおかげですよ」

「そう褒《ほ》められるとオジサン嬉しいな！」

いかつい男が照れくさそうにしている。

想定外のその光景にジグの足が思わず止まる。

こちらに気づいたシアーシャが手招きした。

「ジグさん、こちらベテラン冒険者のベイツさんとグロウさんです。二人に冒険者のことを色々教えてもらってました」

男二人がこちらを見る。

シアーシャと話していた方がベイツ、黙って聞いていた方がグロウというらしい。

「おう兄ちゃん、駄目じゃねえか。こんなかわいい娘ほったらかしにしてちゃあ」

ベイツが周囲を見る。

睨みのきいた一瞥《いちべつ》に、こちらを遠巻きに見ていた冒険者が慌てて視線を逸《そ》らす。

そのほとんどが若い男だ。

「盛りのついたガキがわんさかいるんだからよぉ」

どうやら下心満載の男共をブロックしてくれていたようだ。

ジグの認識が甘かったようで、シアーシャは想像以上に狙われていたらしい。

「すまない、連れが世話になったようだな」

「気にする、な。新人フォローするの、経験者の仕事」

グロウと呼ばれた男がたどたどしく喋る。

「そういうこった。まあいつか出世したらその時の新人に返してくれや」

「そうやって回していくんですね。分かりました」

熟達者のお手本のような発言に二人は感心する。

「組む相手を紹介してやってもよかったんだが、そいつは必要なさそうだしなぁ？」

意味ありげにジグを見るベイツ。

ジグはその顔に見覚えがあった。

先日睨みを利かせた実力者のなかに、彼の顔があったことを思い出す。

「兄ちゃんは冒険者じゃないんだろう」

「ああ。護衛兼荷物持ちだ」

「ならいい。手を出しすぎるなよ？」

本当に面倒見のいい男たちだ。

改めて礼を言うと二人は自分たちのパーティーのところへ戻っていった。

それを見送った後、シアーシャが選んできた依頼を聞く。

「今回受けたのは袋狼《ふくろおおかみ》の討伐です。袋狼はなんと卵生で、お腹の袋に沢山の卵を入れて孵化《ふか》させるんですって」

「それも確かに興味深いが、できれば危険度や習性などを聞きたいな」

「そうでしたそうでした」

研究肌なのか、興味を惹かれたことを調べたくなるタイプらしい。

「この魔獣は繁殖力が強くて定期的に討伐依頼が出てるんです。数が増えてくると食料を求めて森の奥から出てくるのでそのあたりが目安ですね。危険度としては普通の狼と大差ないようです」

つまり群れると厄介ということだ。

統率の取れた狼の群れには、手慣れた傭兵でも手を焼くことがある。

だからこそ定期的に討伐依頼が出るのだろうが。

「とても初心者向けの依頼ではなさそうだな」

「今受けられる中で一番難しそうなの選んできましたからね」

ギルドで若い男がシアーシャを気にしていたのは、これのせいでもあるだろう。

無論、下心も大いにあっただろうが、初心者がいきなり無茶をしようとすれば止めるのは当然だ。

とはいえ彼女は冒険者としては初心者だが、戦闘能力に関しては折り紙付きなのでいらぬ心配である。

「ずいぶん飛ばすな。上を目指すつもりか？」

「ある程度は。冒険者って等級が上がると、いろんなところで恩恵が得られるんですよ。等級が上がらないと開示されない魔術書もいっぱいあるんです。ひとまずはそれ目当てです」

「こう言っては何だが、魔女に人間の魔術書が役に立つのか？」

実力が違いすぎて役に立たないのではないか。

当然の疑問だが、彼女はかぶりを振る。

「とんでもない！　さわりだけ見た程度ですが、はっきり言って魔力の効率的な扱い方では圧倒的に負けてますよ」

「なんだと？」

まさかの返答だ。

「人間は少ない魔力をうまく使って、最善の結果を出すことに工夫を重ねています。それこそ無数の人が、何百年もかけて。たかだか二百年程度独学で学んできた私が、勝てるわけありませんよ。魔力が大きいがゆえに多少の効率の悪さは気にも留めないんです」

力のない者の方が、少ない力を有効活用しようと努力する。

魔女にここまで言わしめるとは、この地の人間も大したものだと、ジグは驚いた。

「それにどうやら、魔術を誰にでも使えるようにした道具など、私の知らないものも沢山あるようなんです。私はそれが知りたい」

恐らく初めてなのだろう、何かを求めて野心を燃やすというのは。

今の彼女は様々な欲求に飢えている。

「目的ができたようで何よりだ。ではそろそろ行くか。現地まではどのくらいだ？」

「徒歩で七日です、が……とある手段を使えば一瞬です」

「は？」

七日かかる距離が一瞬？

ジグは言っている意味が分からずに首をかしげる。

「まあまあ、ついてきてくださいよ」

彼女はそう言って左手の部屋に向かう。

そこには冒険者が列をなしていて、彼らは受付にカードを見せると奥に入っていく。

列はスムーズに進み、ジグたちの番になるまでさして時間はかからなかった。

シアーシャがカードを見せて二、三言話すと奥に通される。

「カードを」

促され同行許可カードを見せると、そのカードを確認して視線で入るように示された。

部屋の中には、光る文字が刻まれた石板らしきものが敷き詰めてあった。

すでにシアーシャがいて、興味深そうに石板に刻まれた文字を見ている。

「中央に立ってください」

部屋にいるローブを着た男に言われて、二人は石板の真ん中に立つ。

男は確認すると、手をかざして詠唱を始める。

それに合わせて石板が光る。

光はどんどんと大きくなり、視界を埋め尽くしていった。

「っ！」

とても目を開けていられないほどの光に二人は包まれた。

†

光が消えて視界が戻る。

しかしそこに広がっていたのはギルドの一室ではなく、見知らぬ森林だった。

「どういうことだ……？」

周囲を見回す。

後ろを向くと石造りの、遺跡とでもいうようなものが建っている。

苔むしており、人がいなくなってずいぶんと経つようだ。

「これが古代の魔具、転移石です」

一瞬で移動したこの現象を、シアーシャが説明する。

「特殊な材質でできた転移石に魔術陣を描くことで、別々の石板間を転移することができる……らしいですよ。大昔の技術だそうで現代だと再現不可能だとか」

「……とんでもないな。これが流通すれば国が、いや世界がひっくり返るぞ」

「そこまで融通が利くものでもないらしいですよ。場所も関係していて特定の地点から動かすと起動しなくなっちゃうらしいですし」

冒険者はこれを使って各地の魔獣を討伐しているわけだ。

この転移石を使えば、大陸間の移動も可能ではないかと考えはしたが、そこまで便利ではないようだ。

それにあの海を無事に渡りきるのは、現状では不可能だろうなと思い直す。

ジグは周囲を索敵する。

そこまで深い森というわけではないが、とにかく広い。

見通しは悪くないが、それは向こうからも言えること。

群れた狼をこちらが先に捕捉するのは難しいだろう。

「標的は転移石から西に半時程進んだところです。行きましょう」

「ああ」

木漏れ日が差す中を歩いていく。

体力こそいまいちだが、森に棲《す》んでいただけあってシアーシャの歩き方は慣れている。

しばらく歩いていくと少し開けた場所に出た。

膝ほどの高さに雑草がひしめいているが不思議と木々はなく、その場所を避けているようだ。

そしてその奥に深い森があった。

薄暗いその森はとても濃い。

木々ではなく、空気が濃いのだ。

そこから生ぬるい向かい風が吹いている。

――その音に紛れる、草木をかき分ける音。

「シアーシャ」

「はい」

彼女も気づいていたのか、すでに戦闘態勢だ。

数は認識できるだけで五匹。

こちらを取り囲むように散開している。

「どうする？」

「迎撃します。抜けてきた相手への対処をお願いします」

「了解」

敵はこちらの出方を窺っているのか、すぐには手を出してこない。

シアーシャが術を組み始める。

刺激臭を意識しながら周囲を牽制するジグ。

包囲が終わる少し前に、シアーシャの術が完成した。

地の杭がジグたちを中心に円形に突き出る。

草を舞い上げながら、周囲を旋回している袋狼のいるだろう場所に出現した杭。

その先端に何匹かの袋狼をぶら下げている。

外皮はさして厚くはないようで、胴に直撃した個体は見事に貫通している。

いずれも致命傷だが、数が少ない。

最低でも五匹はいたはずだが、串刺しにされたのは三匹。

音もなく背後に忍び寄っていた袋狼が、雑草をかき分けて飛び掛かった。

ジグは双刃剣の下側の刃を振り向きざまに袋狼に突き立てる。

首を横から貫かれ即死した袋狼から刃を抜き、時間差で左から襲い掛かる相手を引き抜いた勢いそのままに反対の刃ですくい上げるように突き上げた。

腹部に刃を刺したまま身をひねり地面にたたきつける。

二匹を処理しシアーシャを見ると、逃げ出した一匹を串刺しにしているところだった。

やはりこの程度では相手にもならないようだ。

「こんなものですかね。さあ、剥ぎ取りましょう」

冒険者は討伐証明兼換金目的で、魔獣の部位を剥ぎ取るのが通例となっている。

「どこを剥ぎ取るんだ？」

「袋ですね。とても丈夫で軽いから、処理して背嚢《はいのう》や水袋にも使えるらしいですよ。……なにしてるんです？」

口元を覆うように何やら手を動かしているジグ。

「いやなにも。さあ分担して剥ぎ取るか」

「私、こう見えて皮剥ぐの得意なんですよー」

シアーシャが嬉々として皮を剥いでいく。

本人の言う通りその手際はいい。

肝心の袋付近を剥ぎ取るために中に手を入れ持ち上げた。

「くっさ!? なにこれめちゃくちゃくさいですよ!!」

あまりの臭気に涙目になっている。

「だろうな」

「ジグさんよく平気ですね……って、あ!? 鼻栓してる! ずるい! 知ってたんですね!?」

「知らなかったぞ?」

野生動物が袋の中まできれいに洗っている可能性は低いだろうと思っただけで。

長年熟成された袋の中は、危険な領域にまで達していたようだ。

しばらく彼女の文句を聞き流しながら袋を剥ぐ。

無論、袋の中には直接触れぬように。

剥ぎ取り終わったシアーシャが手を洗っている。

「うぅーくさいよぉ……おちないよぉ」

もろに手を突っ込んだようで臭いが落ちずに半泣きだ。

笑いながらそれを眺めているジグ。

しかしその顔を急に引き締めると森の奥を見る。

シアーシャもジグの変化を感じ取って周囲を警戒する。

五感を強く意識した。

草木が揺れる音の隙間、風に乗って聞こえるのは遠くで微《かす》かに聞こえる争いのそれだ。

「誰かが戦っているな」

「私には聞こえませんが、他のパーティーじゃないですか？　袋狼の討伐は他にも何人か受けていましたし。でも、そうですか……」

彼女は少し考えこむ。

魔術書を読んだとはいえ、まだ基礎も基礎。

それに知識としてだけでなく直接見ておきたい。

目で見て、肌で感じることがより深い理解につながると、魔術書にも書いてあった。

「ジグさん、見に行きませんか？」

「ああ、俺もこっちの戦い方を見ておきたい」

方向性は違うが彼も同じ意見のようだ。

そうと決まれば行動は早い方がいい。

二人は音のする方に駆け出した。

†

戦闘音が大きくなるにつれ、二人の歩みは静かになっていく。

「気づかれないようにいくぞ。他人の戦闘を覗き見るなんて斬られても文句は言えんからな」

「はい」

ジグはまだ傭兵という職業の考えが頭から離れないままだった。

人に見せたくない切り札は誰にでもあるものだ。

それを知るか否かがギリギリの戦いの決定打になることもある。

だが、それはあくまで傭兵の話だ。

昨日共に戦った者と、今日刃を交えることなど日常茶飯事な彼らならともかく、冒険者はそこまで殺伐とはしていない。

無論いい顔はされないが。

そんなことを知る由もない二人は、時間をかけて近づくと木の陰から盗み見る。

戦闘しているのは冒険者と袋狼だった。

冒険者の数は四人、袋狼は六匹。

既に五匹の骸が転がっている。

前衛二、後衛二のバランスが取れたパーティーだ。

片手剣と盾を持った方が牽制・妨害した相手を長剣のもう一人が確実に仕留めていく。

二人の左右に展開しようとする敵を、後衛の弓と魔術が迎撃。

その動きによどみはなく実にスムーズだ。

魔獣は群れの連携を生かすことができずに次々倒れていく。

「あれが魔獣との戦い方か」

見事な戦法だ。

互いをフォローし確実に数を減らしていく。

あれに比べると自分の戦い方のなんと稚拙《ちせつ》なことか。

一度ミスを犯せばそれで終わりの綱渡りのような戦い方だ。

個人の戦闘能力頼りの戦法とも呼べない代物。

ジグはその技術を盗もうとつぶさに観察した。

†

戦闘が終わるのに長くはかからなかった。

最後の袋狼が倒れたのを確認すると、四人は二組に分かれて警戒と剥ぎ取りに取り掛かる。

ジグは今の戦闘を反芻《はんすう》して頭に叩き込んでいる。

「すごかったですね」

「ああ、思った以上に収穫があった。そっちはどうだ？　あまり派手な術は使っていなかったようだが」

「十分です。すごいんですよ。彼らは術を組む時に……」

シアーシャの説明の途中、ふっと魔術の匂いがした。

少し青臭い嗅いだことのない匂いだ。

しかし刺激臭ではなかったため、ジグはそこまで気に留めず、それでも匂いのした方にちらりと目を向ける。

視線を向けた先では先ほどの冒険者たちが剥ぎ取りをしている。

彼らが何か術を使ったのだろうと、意識を戻そうとした時。

景色がほんのわずか歪んだ、ような気がした。

「…………」

「ジグさん？」

目の錯覚だろうか？

そうも思ったが、一応もう一度確認する。

周囲を警戒しているのは盾持ちと弓使い、妥当な人選だろう。

剥ぎ取りを行っているのは残った剣士と魔術師。

……魔術師？

彼はナイフで袋を切り分けている。

中が臭いのは知っているらしく、手袋をして口元を覆っている。

術を使っている様子はない。

ではこの魔術は誰が？

ジグの背筋が粟立つ。

剥ぎ取りをする魔術師の後方十メートル。

木漏れ日が微かに差し込んだ場所で光が不自然に屈折する。

わずかに浮かび上がるシルエットが、獲物に狙いを定めた。

「後ろだ!!」

気づかれないために距離をとっていたジグは、ここからでは間に合わないと判断し叫んだ。

とっさに、こちらへ矢を向ける弓使い。

一瞬で、状況を理解し、背後に高速で迫る「何か」へ矢を放つ。

半ば勘頼りに放った弓は「何か」に命中したが、大した痛手を与えられていなかった。

しかしわずかに迫る速度を落としたので、剣士が魔術師を抱えて横跳びをする時間は稼げた。

高速で迫る「何か」は、魔術師の剥ぎ取っていた袋狼の死体を掻っ攫《さら》うように咥えると、そのまま噛み千切る。

血が噴き出て口元を赤く染め、同時に、滲み出るようにその姿があらわになった。

体長は八メートルほど。

ゆらりと宙に浮く姿は海の中を泳ぐ鮫《さめ》のようだ。

しかし頭から後ろは細長く蛇のようにしなり、落ちくぼんだ瞳はギョロギョロとせわしなく動いている。

黒茶色の体と呼吸に合わせて、揺れるエラの内側が真っ赤でグロテスクだ。

「幽霊鮫《ゆうれいざめ》!? なぜこんなところに……」

「血の匂いに誘われて出てきたんだ！　あいつの相手をするには準備が足りない。退くぞ！」

幽霊鮫は回遊しながら姿を消した。

矢が刺さっていて血まみれであったにもかかわらず消えていた。

注意深く見るとわずかに景色が歪んで見えるが、一度視線を外すとまた捜し出すのは困難だった。

「リスティ、あいつを見逃すなよ。気づいている相手には無茶してこない。ライル、マルト。狼の死体はくれてやれ。殿《しんがり》はリスティとライル。一直線で戻るぞ、ゴーゴーゴー!!」

リーダーの指示に合わせて弓使いと盾持ちが後ろを固めると、幽霊鮫を牽制しながら素早く撤退。

幽霊鮫は追撃を諦め袋狼の死体を食べ始めた。

その様子を見つつリーダーは周囲を探る。

先ほどの声の主は既にどこにも見当たらなかった。

†

ジグたちは一足早くギルドに戻って今日の報告をしていた。

無論、鮫のような魔獣のことは伏せてだ。

「お疲れさまでした。初日でこの成果はすごいですよ。これからの活躍に期待しています。ですが無理はなさらぬように」

「はい」

初日の成果としては上々のようだ。

シアーシャは受付で報酬金を受け取ると、上機嫌で戻ってきた。

「どうだった？」

「なかなかですよ。二万五千ドレンになりました」

「ほう」

一日の稼ぎとしては悪くない。

「あと四回ほど同じレベルの依頼をこなせば、昇級できそうですよ」

「そんなに早いのか？」

彼女に聞くと、昇級のシステムについて詳しく説明してくれた。

十点で昇級。

自分の適正等級の依頼をこなすと一点。

一つ上の等級だと二点。

失敗すれば倍の点数を失う。

つまり上の依頼を失敗すれば四点のマイナスになる。

よほど自信がなければ上の等級に挑むのは難しいというわけだ。

「それとは別に、依頼の達成に不備があるなど素行が悪いと減点されます。ギルドから特別に頼まれた依頼は、こなすと点数に大きな加点があるらしいですけど」

「まあ、変に媚びたり悪さするより、堅実にやるのが一番早そうだな」

「ですです。一点加算パターンだけなら、あと四回なのは変わらないですし」

話している間にもどんどん冒険者が帰ってくる。

その中に先ほどのパーティーを見つけた。

「良かったんですか？　あの魔獣のこと報告しなくて」

「どうせあいつらが報告するさ。それに偶然駆け付けたって言い訳は通りそうにないしな」

彼らは周囲の警戒を怠っていなかった。

たまたま駆け付けたというのは無理がある。

「盗み見してたなんてバレたら、素行不良で減点されちゃいますよね……」

「そういうことだ」

†

「そうでしたか……幽霊鮫が」

「ああ。袋狼の繁殖期にはまだ早い。おそらくあいつに追い立てられたんだろう」

「ご報告ありがとうございます。それにしても流石ですね、アランさん。幽霊鮫を撃退するとは。あの魔獣に不意を衝かれて犠牲者が出なかったのは、初めてかもしれません」

幽霊鮫はその隠密性から発見が困難だ。

討伐依頼が出るのは決まってどこかしらで犠牲者が出てからで、こちらが先に見つけた例は非常に少ない。

個体数が少ないのも手伝って被害者自体は少ないため、積極的に対策を練ろうという動きにならないのだ。

「……そのことなんだが、実は俺たちも接近に気づけなかったんだ。通りすがりの誰かが気づいて声を掛けてくれなかったら、間違いなく一人死んでいた」

「そうでしたか……その誰か、というのは？」

アランは首を振る。

「分からない。距離もあったし一瞬のことだったからな。格好からして冒険者のはずなんだが……それで一つ頼みたいことがあるんだ」

「今日森を探索していたパーティーの情報、ですか」

「いけるか？」

受付嬢は考える。

基本的に冒険者の情報は開示していない。

だが正当な理由があればその限りではない。

問題はどこまで教えるかだ。

「……今日森に入ったパーティーの数と名前、出立・帰還時刻。教えられるのはそこまでですね」

「十分だ、助かる」

礼を言って戻るアランを受付嬢が呼び止めた。

「一つ、条件が」

「なんだい？」

「その方を見つけたらギルドにも教えてください。幽霊鮫の隠密を看破する技術は私共も欲しい」

「……確約はできない。話してはみるが、断られたら諦めてくれ」

「十分です。こちらを」

受付嬢からリストを受け取ると、今度こそアランは仲間のもとに戻った。

†

「わわっ、こっちに来ますよ」

「堂々としてろ」

テンパるシアーシャをなだめてそのまますれ違う。

向こうはこっちに気づいた様子もなく通り過ぎて行った。

彼女は胸を撫で下ろす。

「いまさらですが」

二人はそのままギルドを出ると夕食に向かう。

「見殺しにするのが一番楽でしたね」

「まあ、な」

彼女の言うとおりだ。

黙って眺めていれば、面倒なことはすべてあの魔獣が片づけてくれたかもしれない。

「だがまあ、色々いい物を見させてもらったからな。それくらいはしてもいいだろう」

「それもそうですね」

「これからああいう場面に出くわしたら、ある程度は手を貸してやるといい」

「役に立たなそうな人でもですか？」

「そうだ」

シアーシャは不思議そうな顔をしている。

「人間社会で生きていく上で大事なのは敵を作らないことと、味方を作ることだ」

「味方……ですか。それは、とても難しいですね……」

彼女は渋い顔をする。

長い間敵しかいなかった彼女に、急に味方を作れと言っても受け入れ難いだろう。

「何も絶対裏切らない味方を作れというわけではない。自分にとって都合の悪い時にフォローしてくれるかもしれない、程度でいいんだ。薄くてもいいからつながりを多く持て。必ずお前の助けになる」

「……よく分からないけど、分かりました。ジグさんが言うならやってみます」

話が終わると、二人は新しい飯屋を開拓するべく周囲に目を光らせる。

「あそこはどうでしょう？」

シアーシャの指した店は海鮮系のようだ。

この辺りは海が近い、外れの可能性は低いだろう。

「よし、行こう」

中に入ると端の席について注文をする。

注文を受けた店員が離れたことを確認すると、料理を待つ間に気になっていたことをシアーシャに尋ねる。

「前も言っていたが、あいつらの魔術はどう違うんだ？」

「一言でいうなら、魔術のオートマチック化ですね。魔術の発動工程は覚えてますか？」

「……たしか、汲み上げる・指向性を与える・形をつける、だったか？」

やや怪しい記憶を掘り出して答える。

「そうです。彼らはその工程の指向性を与えるまでを自動化しています」

「自動化って……できるのか？」

「転移石を思い出してください。あれに刻まれていたのは魔術刻印というもので、あらかじめ術式を書いておいて、魔力を流すだけで起動するようにしているんです」

「つまり自分の体に術式を書き込んでおくということか？」

「正確にはあえて未完成の術式を刻むんです」

そういうことか。

完全に術式を刻んでしまうと、その術しか使えなくなってしまう。

なので工程のうち指向性を与えるところまで書いておく。

起動させた後は形を与えるだけの状態に持っていけるわけか。

「しかしそれだと術の傾向が偏ってしまうんじゃないか？」

「もともと傾向の違う術を覚えるのってとても大変なんですよ。魔術一本でやるならともかく、手札の一つとして使う分にはとても有効な方法なんです。いざという時に悩まなくていいわけですし」

とっさの判断が求められる時に選択肢が多いのは、時に邪魔になりかねない。

敵の攻撃を避けるか防御するか。

敵を攻撃する時術を選ぶか剣を選ぶか。

できることが決まっていれば迷うこともないというわけだ。

パーティーで動く際に役割が分かりやすいのも利点だ。

「もちろん欠点もありますけどね。細かいアレンジが利かなくなりますし。でもデメリットを上回る効果が得られると思いますよ。人間の工夫も大したものです」

「俺も魔術刻印を書けばできるようになるか？」

「無理ですね。ジグさん、というかあっちの大陸の人間って、魔力一切ありませんから。だから魔術の匂いを嗅ぎとれるわけですし」

実に残念だ。

持ち物を増やさずに飛び道具が使えるのは非常に便利だろう。

予兆を嗅ぎとれるのも便利ではあるが、魔術を使えるのとどちらがいいと聞かれたら使える方をとる。

話に一区切りついたところで料理が来た。

ジグは海鮮ペペロンチーノ、シアーシャはパエリアだ。

「お、うまい」

ニンニクを効かせた海鮮の香りが何とも食欲をそそる。

値段も安くて量もある当たりの店だ。

頭のメモ帳に書き加えておく。

「こっちもおいしいですよ！」

パエリアも好評のようだ。

海老や貝がゴロゴロ入ったパエリアも実にうまそうだ。

「少し交換しよう」

「そうしましょう。そっちも気になってました」

二人は料理をシェアしつつ、結局追加注文までして夕食を楽しんだ。

「気になっていたんだが」

食後のお茶を飲みながらジグが切り出す。

「冒険者は妙に女が多いな。魔術はともかく、剣士はやっていけるのか？」

魔術師専門というなら分かる。

しかし前衛の格好をしたものも少なからずいた。

「こっちの人は魔術で常に体を強化していますからね。基本的に女性の方が魔力量が多いんで、素の肉体能力込みでほぼ互角ぐらいじゃないですか？」

「なに？」

ジグが思わず身を乗りだす。

「それはまずいな。どの程度強化されるかは知らないが、同じ身体能力のやつには確実に勝てないということか」

「うーん、それなんですけど……ジグさん袋狼と戦ってどう思いました？」

「特には何も。群れると面倒かもしれんが単体じゃ相手にならんな。駆け出しの傭兵じゃっらいかもしれんが」

「こっちでも大体同じ認識なんですよ。駆け出しじゃ大変だけど、熟練者の敵ではないそうです」

それは変だな。

身体能力が強化されていれば、多少不格好でもさして苦労するとは思えないが。

「おそらくですが、こっちの人間は素の身体能力が低いんですよ。彼らの強化はかなり日常的なものです。ほぼ無意識といってもいい。体を魔力で補っているせいで低下したのか、低い体を補うため魔力が発達したのかは分かりませんが。魔獣も同じですね。魔力で強化しているからこそあの巨体を保っていられる。結果的に男女の能力差は縮まり、戦闘でも活躍するようになったわけです」

それを聞いてジグは安心した。

魔術が使えないうえに、頼みの身体能力まで負けていたらどうしようかと思っていたのだ。

安心すると別の疑問も生じてきた。

「俺が強化に気づけなかったのはなぜだ？」

「自分の体に影響させるのは指向性を与える必要がないからです。体の働きそのものを補うだけでいいからですね。正確には補っているのは肉体能力だけでなく、体そのものみたいです。おそらく魔力がないと病気もまともに治せずに死にますよ、彼ら」

プラスアルファではなく、それありきの能力というわけか。

しかしそれはそれで難儀だな。

いいことばかりではないわけか。

「魔術と言えばですけど、魔獣も使ってましたね」

「……ああ。気づけたのは運がよかった」

森での鮫のような魔獣を思い出す。

あの巨体が姿を消し宙を泳ぐ。

なんという厄介さだ。

「魔獣がああいった魔術を使いこなすとなると、事前の情報収集は必須だな」

こちらでも情報屋を探す必要があるか。

……情報屋でいいのか？

魔獣の学者とかの方がいいのだろうか。

いや、そうだ。

魔獣図鑑だったか？　あの本がいい。

これ以上の出費は抑えたいが、ぜひ借りておきたい。

そんなことを考えていると、周りから件《くだん》の魔獣の話が聞こえてきた。

「そういや聞いたか？　幽霊鮫が出たって話」

「ああ。アランのとこが撃退したらしい」

「おいおいすげえな。近頃あいつら調子いいな。もうすぐ四等級だろ？」

「うらやましいねぇ。だが討伐したわけじゃないってことは、近々正式にギルドからお触れが出るかもしれんな」

「この前のは空振りだったからなぁ、頼むぜほんと」

「しかしギルドが誤報とは珍しいな」

どうやらあの魔獣は幽霊鮫と呼ぶらしい。

「あのパーティー、できると思ったら五等級ですか……道理で」

「五等級ってすごいのか？」

数字だけ聞くと真ん中ぐらいに思える。

「ベイツさんに聞いた話だと、冒険者の半分が七等級以下だそうです」

つまり七等級の上の方が真ん中程度の実力ということ。

聞くに彼らは昇級間近の五等級上位。

上の下といったところか。

「これはまずいかもしれんな」

思っていたよりも実力者だったようだ。

当然、周囲への影響力や情報収集能力も高いだろう。

自分たちに行きつく可能性も低くはない。

「奴らが細かいことを気にしない性格であることを祈るか……」

†

袋狼の狩りを続けて三日目の朝にそれは起きた。

「飽きました！」

シアーシャが爆発した。

跳《は》ねた髪の毛のまま、朝食のパンを真っ二つに引き裂いた彼女がそう言い放つ。

寝ぼけ眼《まなこ》の彼女を起こして、用意しておいた朝食を前に覚醒したと思ったらこれだ。

「ふむ……」

ジグは顎に手を当て彼女が憤慨している理由を考える。

朝食のパンはまだ二日目だ。昨晩は肉、その前は魚だった。

食事内容に飽きたというわけではないだろう。

となると考えられるのは……。

「成程……茶、か」

「いえ違います」

「……」

引き裂いたパンにジャムを塗っているシアーシャを見る。

彼女はジャムを多めに塗ったパンにかぶりつくと、もくもくと口を動かして咀嚼《そしゃく》し、お茶で流し込む。

甘さとお茶を満足気に楽しむ様子からは、確かに飽きたという雰囲気は感じられない。

「私が言っているのは同じ魔獣を狩り続けるのに飽きたんです」

「ああ、そういうことか」

あれから三日。効率がいいからと、ただひたすらに同じ魔獣だけを狙い続けていた。

シアーシャは代わり映えのしない魔獣を相手にし続けるのに飽いていた。

しかしジグは今一つ彼女の感覚がよく分からないのか、不思議そうにしている。

「ジグさんは飽きませんか？」

「毎日人間を相手に戦っていたからな。三日続いた程度では特に何も」

「そうでした……」

傭兵として日々殺し合いをしていた彼にとって、同じ相手で飽きないかというのは愚問というものだ。

「今日は休むか？」

「それは……行きますけど」

渋々ながらに頷くシアーシャ。

早く昇級したい彼女に、飽きたから休むという選択肢はないようだ。

だが、あまりいい状態ではない。

鬱屈した状態では普段のパフォーマンスも出せないだろうし、思わぬ不覚を取る可能性もわずかだがある。

とはいえ素直に休みを受け入れるとも思えない。

ジグは少し考えると、以前に傭兵団にいた先輩の言に倣《なら》うことにした。

「今日は少し早めに切り上げて出かけないか？」

「お出かけですか……どちらへ？」

「服でも買いに行こう。それだけだと何かと不便だろう？」

シアーシャは仕事の時は魔女の黒いローブを着ているが、普段着は前の大陸で買った間に合わせの麻の服だけだ。


〝服を買ってもらって喜ばない女はいない〟


女遊びの好きな先輩傭兵は酒の席でよくそう言っていたが、魔女にもそれは当て嵌《は》まるのだろうか。

とはいえジグの女遊びの経験など、娼館へ行って解消するぐらいだ。それも金銭を渡して行為をするだけの実に事務的なもので、会話を楽しむような習慣はなかった。

だが他に頼る当てもないので彼の言葉を信じてみるしかない。

「服ですか……うーん」

しかしシアーシャは首を傾げて悩んでいる。

やはり魔女と人間の女では感覚的な差異が大きいのだろうか。

そもそもずっと一人でいた彼女にとって、着飾るという行為は意味がないことに思えているのかもしれない。

(これは失敗したか?)

自分の服装を確認しているシアーシャに、軽く手を上げて声を掛ける。

「いや、興味がないなら無理にとは」

「ジグさんは……」

別の案を出そうとしたジグの言葉をシアーシャが遮《さえぎ》った。

彼女は色気も素っ気もない服の端を指先で摘まみながら、視線を他所へ向けている。

「ジグさんは、私が着飾っている方がいいですか?」

少しだけ硬い言葉でシアーシャが問う。

いつもと少し違う様子の彼女に戸惑ったジグが質問の意味を考えるが、よく分からない。

分からないが、ここはとりあえず頷いておく場面のような気がした。

「ああ。その方がいい」

「そう、ですか……」

ジグの返答を聞いたシアーシャが、毛先を指でくるくると弄《もてあそ》ぶ。

どことなくではあるが、上機嫌になっているように感じるので先ほどの答えは間違っていなかったようだ。

「分かりました。では今日はサクッと終わらせて服を買いに行きましょう」

「うむ」

無事、依頼主の御機嫌が直ったことに安堵するジグ。

女は服を買ってやれば間違いないという言葉は真実だったようだ。

魔女にそれが通じるかは懸念事項だったが、この様子を見るに魔女も女ということだろう。

心の中で女好きの先輩傭兵に感謝しておく。もう会うことはないだろうが。

嬉しそうに朝食を済ませると準備を始めるシアーシャ。

鼻歌まで歌って随分と楽しそうだ。

これだけ服を買いに行くのを楽しみにしているということは、やはり麻の服だけでは色々と不満があったのだろう。

ジグはそう納得すると、自身も仕事の準備をするべく茶を飲み干した。

†

仕事自体は何の問題もなく終わった。

初日のようなイレギュラーも起きず、数匹の袋狼を仕留めて戻るだけのルーチンワーク。

シアーシャはこちらでの魔術使用が、元の大陸とで差異があるかを確認していたらしいが、ジグからすると特に変わった所は分からなかった。

ギルドへ戻り受付で報告する。

この時間帯の受付はすいており、待たずに報告を終わらせられた。

「はい、お疲れさまでした。今日は随分早いですね」

「この後ジグさんとお買い物に行く予定があるんです」

それを聞いた受付嬢がにっこりと微笑んだ。

「それはいいですね。体も大事ですが、ストレス発散も冒険者の仕事の内です。楽しんできてくださいね……おや？　お連れさん、揉めていますよ」

にこやかにしていた受付嬢が怪訝そうに奥を見た。

シアーシャがそれを追うと、ジグの周囲に若い男が何人かいる。

声までは届かないが、あまり穏やかな雰囲気ではないように見える。

どうやら待っている間にジグが若手の冒険者に絡まれてしまったようだ。

シアーシャはその光景を、顎に手を当てて眺める。

「……前々から不思議だったんですけど。ジグさんってどう見てもヤバいですよね？　なんであの見た目で絡まれるんです？」

ジグが若手に絡まれるのはこれが初めてではない。

シアーシャという、見た目だけなら非常に可憐な女性にいつもくっついているお邪魔虫なのだから、男からのやっかみがあるのは当然ではある。

しかしそれ込みでも、ジグの雰囲気と体格を見て絡んでいけるのは、危険察知能力が欠如していると言わざるを得ない。

シアーシャの素朴な疑問に苦笑いしながら、受付嬢が頬を掻く。

「それには理由があってですね……」

「ガタイがいいから舐められてんのさ」

受付嬢の言葉を引き継ぐように野太い声が聞こえた。

振り返ると坊主頭の、厳《いか》ついが愛嬌のある男がウインクしていた。

「ベイツさん」

「よおシアーシャちゃん。冒険者業は順調かい？」

「おかげさまで」

会釈する彼女に片手をあげながらカウンターへ寄りかかる。

何かの書類を受付へ提出しながら、面白そうにジグの方を見た。

シアーシャは先ほどベイツの言っていたことへの疑問をぶつけてみた。

「体格がいいとどうして舐められるんですか？」

「冒険者、特に前衛ってのは魔力で体を強化するのが何より大事だ。身体強化術の扱いが上手くなればなるほど、それに応じて力量も上がっていくと言っても過言じゃない。体をでかく鍛えているっていうのは、魔力での強化術が未熟であることの証左……てぇのが身体強化術に慣れ始めた連中の言いだす定型文だな」

「あー……まあ、そういう考え方もできなくはないですかね……？」

だからって体を鍛えるのが無駄になるわけではないと思うのだが、と曖昧に頷くシアーシャ。

どうしてそんな勘違いをしちまうのかねえ、とベイツは顔に手を当てて嘆いた。

「確かに体を鍛えるよりも、強化術を磨いた方が目に見えて強さを実感できるのは否定しねえがな。魔力の少ない奴が、それを補うために体を大きく鍛えがちなのも事実だ。俺もそうだしな」

確かにベイツも体格はいい方だ。

しかし彼は確かな実績があるので、舐められるようなことはない。

受付嬢がため息をつきながらベイツの書類に目を通して判を押す。

「……一面だけを見て、それが全てと決めつけてしまう人はどこにでもいるんですよ。これが正しいと、一度そう思い込むと周りが見えなくなってしまうんですね」

返された書類を受け取り懐へ仕舞ったベイツが、

「まあそんなわけで、ガタイがいい奴を舐めちまうのも一定数いる。成長して強化術の伸びが頭打ちになるにつれて、両方鍛えた方が強いっつう至極当然のことに気づくんだけどな。若さ

「なるほど……そんな理由が」

ジグが若手ばかりに絡まれているのにも納得がいった。

「あいつが大人しいのも、それに一役買ってるんだけどな。若造があんな態度をベテラン相手にやったら、その日の内に埋められても文句は言えねえよ」

ジグが仕事以外でその力を振るうところは見たことがない。

舐められたら終わりを信条とする冒険者にとって、やり返してこないジグは腰抜けにでも見えているのだろうか。

周りで喚く冒険者を適当に流していたジグが、報告の終わったらしいシアーシャに気づいて席を立つ。

話はまだ終わっていないとばかりに、腕を掴もうとする冒険者たちをするりと躱していく。

後を追おうとした冒険者達へベイツが睨みを利かせる。

高位冒険者の威圧を伴う睨みに、若手冒険者たちが顔を青くして立ち去って行った。

ジグが目線で礼を伝え、ベイツが片手を上げてそれに応える。

「お待たせしました」

「もういいのか？」

「はい。行きましょう」

短いやり取りを済ませると連れだってギルドを出た。

二人は鍛冶屋などが立ち並ぶ通りを進むと繁華街の中心、雑貨など日用品店が密集している場所へ向かった。少し端の方にある古着屋ではなく綺麗な店構えをした仕立て屋へ入る。中には中年の店主と若い娘が店員として立っていた。

「いらっしゃいませ。おや、今日は二人ですか？」

「ああ。彼女の服を用意してもらいたくてな」

店員の娘とジグのやり取りは慣れたもので、彼は何度かこの店に来ているようだ。

「……意外ですね。ジグさん、こういうお店よく来るんですか？」

「そういうわけではないんだが……止むなく、な」

「お客さん、体がおっきくて古着屋に合うサイズの服が一つもなかったんですって！」

言葉を濁したジグに構わず明け透けに事情を話してしまう若い店員。悪気のない暴露に無言で額に手を当てるジグと店主であった。

ジグらしいといえばジグらしい事情に、シアーシャもつられて笑ってしまう。人間離れした美貌の彼女がそうして笑うととても華がある。

「うわ、すっごい美人さん……お客さんも隅に置けませんね」

同性でありながらそれに見とれた娘が、ジグの腕をバシバシ叩く。依頼主だぞ、そう言いながら店内を見る。

彼女の言う通りジグの体に合う古着などそうそうあるはずもなく、仕方なく新品を仕立ててもらっていた。だが今まで自分の服ばかり同じものを頼んでいたので、この店の女性用の服をしっかりと見ていなかった。

「どのような服にされます?」

店員に聞かれてシアーシャを見るが、彼女も同時にジグの意見を尋ねるように見返していた。

「ジグさんはどんな服がいいですか?」

自分の服だろう、と返そうとしたジグが朝のやり取りを思い出して言葉を飲み込む。

彼女はおそらく、生まれて初めて人目を意識した服装というものを選ぼうとしている。何の助言もなしにいきなり選べというのも酷だろう。

今回は自分が選ぶべきかと判断したジグが、飲み込んだ言葉とは別の質問を投げる。

「自分のサイズは分かるか?」

「感覚でなら分かりますけど、数字にしろと言われると……」

怪しいですと唸る彼女の肩に手を置き、店員に目配せ。

「任せたぞ。ゆっくりでいい」

「任されました! ではこちらへ」

「え!? あ、あの……」

「いいからいいから」

採寸のために奥へ連れていかれるシアーシャを見送ると、黙って事の成り行きを見守っていた店主の方へ視線を向ける。

「……」

髭を綺麗に整えた中年の男は無言でこくりと頷くと、ジグへ女性の服の選び方を指導するために立ち上がった。

女性の喜ぶ服の何たるかすら知らない無骨な駄目男心を、この店主は実によく心得ていたのであった。

「なんて、素晴らしいスタイル……」

店員が同じ女性としての羨望の視線をシアーシャへ注いでいる。言葉にはしなくともジグと店主も同じ感想であった。

まさか展示されているモデルありきの服をほぼそのまま着られてしまったのだから、彼女のスタイルの良さは推して知るべしだろう。

「何か、とても恥ずかしい気がします……」

彼女が着ているのは落ち着いた色の蒼と黒を基調としたワンピースドレスだ。ドレスとはいっても足回りはスリットが深く入り、下には短めのズボンと肌着を着けているため動きやすい。ファーのついたケープを羽織り、肘まである手袋を嵌めている。腰にはナイフベルトとポーチ、

足回りにはふくらはぎ中ほどまである丈夫なブーツ。

シアーシャの艶のある黒髪に、瞳と合わせた蒼の差し色がよく似合っている。

長い黒髪には、先ほど着替えるのを待っている間にジグが選んだ髪飾りが挿してある。

「どうです、ジグさん？」

不安げにこちらを見るシアーシャ。自覚がない、というのはこういうことを言うのだろう。

もとより整った顔であったが、こうしてしっかりめかしこむと更に強烈だ。魔女としての雰囲気と吸い込まれそうな瞳は、ただ綺麗なだけでは生み出せない妖しい魅力すら醸し出していた。

「……ああ、いいんじゃないか」

ジグが返せたのはそれが精々《せいぜい》だった。童貞でもあるまいに、と内心で自分の情けなさを笑った。にやにやと笑っている店員が少し腹立たしい。

「そう、ですか。……良かったです」

ジグの反応を完全に理解しているわけではないだろうが、本心で褒めているのを悟ったのか満足気にシアーシャが笑った。

†

その後も報酬の良さと点数の良さ、どちらも兼ね備えた袋狼狩りが続いた。一度ガス抜きをしたおかげか、その後シアーシャは機嫌よく仕事をこなしていたようだ。

一応安全のため幽霊鮫と遭遇した場所から距離をとった所で討伐した。

ジグの懸念していたようなことは何も起こらず、五回目の討伐を迎えた。

この日はシアーシャの要望で、ほぼ彼女だけで戦闘を行い、ジグは周囲の警戒に努めた。

どうやら程よい殺傷力の出力の調整と、魔獣相手の距離の取り方を試していたようだ。

そうして五回目の討伐が終了した。

初日のような事態は起こらず、つつがなく終えたシアーシャは受付へ向かう。

「おめでとうございます。評価値が十点に達したので九等級に昇格です」

ギルドで報告を済ませると昇級を告げられた。

「ありがとうございます」

内心ようやくか、という感想ではあるものの表には出さず礼を言う。

「最短の昇級、流石ですね。……ですが働きすぎです、少しお休みください。疲れがたまると思わぬミスをするものです」

「そうなんですか？　普通はどのくらいのペースでやるものなんです？」

「一般的なパーティーで一日おき、ハイペースなところでも三日に一日は休みを入れます。ほとんどソロで毎日こなしているシアーシャさんは、はっきり言って異常です」

異常ときたか。

あまり目立ちすぎるのも本意ではない。

(面倒ですが、たまには休みを入れますか……)

「そう、ですね。ちょっと張り切りすぎちゃったみたいです。せっかくなので少し休みますね」

「そうしてください。それと一定数の依頼をこなしたので、パーティー紹介もできるようになりましたが、どうされますか？」

「うーん……保留で」

「かしこまりました」

人と組むなら、もう少し常識的な魔術を覚える必要がある。

幸いこちらの人間は魔力量を感じ取れるほど鋭くはないようだ。

あまり大規模な術を使わなければ騒ぎにならないだろう。

「シアーシャさんのことは話題になっています。あまり無茶な勧誘がされるようでしたらギルドにご一報ください。しかるべき対応をしますので」

「話題に、ですか？」

どういうことだろう。

目立ちすぎるのも、なんて考えた直後にこれだ。

「女性の冒険者自体はそこまで珍しいものではありません。しかしソロで新人、将来有望で見目も素晴らしい。男の人が放っておく方がおかしいというものです」

以前にもジグに言われたが、自分は男に受ける顔をしているらしい。

ずっと一人だったので、他人と容姿を比較したことがないから実感はないが。

(ジグさんの反応が薄いから世辞だと思ってましたよ……)

無骨な彼は思っていることをあまり表に出さず、その分、行動で示す。頼もしくはあるが、内心を読むのは一苦労だった。

「今まではパーティーが組めませんでしたから静かですが、これから勧誘はたくさん来るはずです。特に若い方は周りが見えないことも多いですから、一緒にいる男性にも構わず近寄ってくるでしょう」

ジグが睨みを利かせていれば大丈夫かと思ったが、そうでもないようだ。

男の性欲とは時に命の危険すら上回るものなのかと、妙に感心してしまう。

「分かりました。ジグさんがやっちゃう前にギルドに伝えますね」

「……なんとなくそんな気はしていましたが、強いですか？　彼は」

日々多くの人間を見ているだけはある。

戦いに長じていなくとも目は肥えているようだ。

「とっても」

簡潔な答えにため息をつく受付嬢。

「そうなる前に伝えてくださると、とても助かります……」

渋くなる顔に笑いながら踵《きびす》を返し、併設された食堂に向かう。

「こっちだ」

先に戻っていたジグが呼びかけるが、体の大きな彼の居場所はそんなことをせずともすぐに分かった。

手を上げる彼のもとに行くとカードを掲げる。

「無事、昇級です」

「おめでとう」

どや顔で胸を張る彼女に、ジグがぱちぱちと手を叩く。

しかしそのあと少し不満げな顔になった。

「……でも少しは休めって言われちゃいました。働きすぎだって」

「まあ、そうだろうな」

予想していたのか驚きはないようだ。

「でも私まだ疲れてないんですよ？」

「疲れた状態までもっていくなということだ。寝て起きた時に万全な体調を維持できるようにしておけ。ギリギリを攻めると、想定外の事態が起きた時にあっさりやられるぞ」

「はーい」

不満そうな彼女に、少し笑ってしまう。

やりたいことがある時にブレーキを踏まれる。

それはジグにも覚えがあった。

剣の腕が上達し始めた頃、強くなるのが嬉しくてがむしゃらに振り続けてベテランにぶん殴られて止められたものだ。

「そう腐るな。明日は出かけないか？　魔具を扱っている大手の店を探しておいたんだが……」

「魔具!?　行きます行きます！」

言い終える前に食いついてきたシアーシャに苦笑する。

「朝食の後、早速行きましょう。あ、少し待っていてもらってもいいですか？　本を借りてきます」

「ああ」

シアーシャは、とっくに十等級に許される書物はあらかた読み終えたようで、昇級の日を心待ちにしていた。

ここ最近の彼女は依頼か読書かの毎日だ。

†

彼女を見送ると店員に飲み物を頼んで待つ。

「ここ、いいかしら？」

ジグは声の主を見た。

妙な女だ、というのが一目見た感想だった。

ゆったりとした法衣のようなものを着ている。

銀の髪と女性的な体も目を引くが、特徴的なのは眼帯だ。

両の目を覆うように布が掛けられており、目が開いている様子もない。

盲目の神官とでも言おうか。

「……どうぞ」

周囲を見ると、それなりに人の入りはあるが空席がないわけではない。

わざわざ同席したい理由があるようだ。

ジグはそのまま顎で向かいの席を指し示したが、その途中で眉を少し動かすと水差しでコップに注いで差し出す。

「ありがと」

たおやかな仕草で腰掛けると、頬づえを突いてこちらに顔を向けた。

視線は見えなくとも、こちらを観察しているのがよく分かる。

だがジグは視線を気にも留めず、素知らぬ顔をして茶をすする。

もらった手前、彼女も水を飲む。

しばらくそうしていると、しびれを切らした眼帯女から声をかけてきた。

「何の用か聞かないの？」

「相席だろう？」

眼帯女が建前を堂々と返されて思わず固まる。

「………アラン君に頼まれてね、人を探していたの」

埒《らち》が明かないと察した眼帯女が勝手に話し始める。

「助けてもらったお礼をしたいんですって」

お礼、ねぇ……。

「そうなのか。しかし心当たりがないな。他をあたった方がいいんじゃないか」

「その日、その時間帯に依頼をしていたパーティーには全て当たったわ。でも全員心当たりがないって言うのよ。おかしいと思わない？」

やはり面倒なことになったようだ。

横のつながりは敵に回すと本当に厄介だな。

しかしこちらにあたりを付けるのが早すぎる気もする。

「その人たちを詳しく調べると、腕は悪くないんだけど、幽霊鮫の術を見破れるほどの隠し玉を持っていそうな人はいないのよねえ。……ところがある人物だけは情報がまるでないのよ」

なるほど。他が普通すぎて消去法でたどり着いたか。

シアーシャは期待の新人と目立っているようだし無理もない。

「でもその子は女性。助けてくれたのは男の声だったって言うから、空振りかなーとも思ったんだけど……なんでもその子、男を荷物持ちに連れ回しているって言うじゃない」

眼帯女はこちらの反応を見逃さないようにしている。

ジグは表情を動かさずに見返す。

「でも会ってみたらびっくり。これが荷物持ちですって？　随分ガタイのいい荷物持ちがいるものね」

「年季が入ってるんだ。ベテランの荷物持ちでな」

「武器は？」

「荷物を守るために必要なんだ」

「……そう」

崩れない表情に、眼帯女が遠まわしな言い方では無駄と判断。

直接的な方法にシフトする。

「単刀直入に聞くけ、ど……」

その表情が途中から青ざめていく。

スーと体温が下がるとともに冷や汗が出てきた。

体の中で何かが暴れるのを必死で押さえつける。

急激な体調の変化に声が詰まる。

「大丈夫か？」

「い、いえ……平気よ」

気遣いに返すのも精一杯だ。

息も荒くなりその手がお腹をさすろうとした時。

「そうか？　無理はしない方がいい。トイレに行きたくて仕方がないだろう？」

「っ!!」

（この、男……！）

彼は先程から茶をすするだけで、水には一切手をつけていない。

ニヤニヤといやらしい顔でこちらを見る。

「ああそうだ、聞きたいことがあったんだな。今だけ特別サービスでなんでも素直に答えてやろう。ゆっくりとな」

「こ、の……糞野郎……！」

憎々しげに顔を歪める眼帯女。

「何を言う。糞がしたいのはお前じゃないのか？」

「……くっ！」

我慢の限界と眼帯女が駆け込むのを見送る。

刺激を与えたくないのかへこへこと、しかし急ごうとしている様は実に滑稽だ。

入れ替わりにシアーシャが戻ってきた。

へっぴり腰で走る女を不思議そうな目で見る。

「何ですかあれ？」

「さあ？」

†

眼帯女を追い払った次の日。

二人は朝食を済ませると魔具店に行った。

魔具とは刻印とは違い、術式を完全に刻み込んだものだ。

ただ術式を書けばいいというものでもなく、用途に応じた造形と材質が求められる。

魔具は魔術を発動させる際に、その形自体も術式の補助になっているのだ。

小さい火を出す、飲み水を精製すると言った簡単なものなら、そこまで形にこだわる必要はないようだが。

魔具は便利ではあるが、自分の得意な術を上回るものではなく、苦手な属性のフォローに使える程度の立ち位置にある。

自分の使う術より強力な魔具は、結局起動に必要な魔力が足りず扱いきれないためだ。

「どちらにしろ、魔力のない俺には扱えないわけか……」

心底残念そうにジグが呟く。

対照的にシアーシャは楽しそうに見て回り、店員にあれこれ質問している。

しばらくそっとしておいてやろう。

彼女を待つあいだ店のものを見て回る。

多種多様な魔具を見ているのは飽きない。

「しかし、うむ……高いな」

小物ならともかく、攻撃・防御として実用的なレベルになると値段が途端に跳ね上がる。

半ばオークションのような気分で、高い方へ高い方へと見ていく。

その途中、気になるものがあって足が止まる。

「短刀か？」

他の魔具が宝玉の嵌《はま》った腕輪だったり、装飾品のようなものが多いので気になった。

藍色の刀身と独特な造形で正直、実用性のある刃物には見えない。

「これが気になりますか？」

　足を止めて見ていたせいか店員が声をかけてくる。

「これも魔具なのか？」

「こちらは正確には魔具というよりも魔装具です。術式が刻まれている魔具とは違い、特殊な性質の素材で作られた武具のことですね」

「どう違うんだ？」

「主な違いはそれ自体が特殊な効力を持つ、ということです。魔具とは違い魔力を注ぐ必要がありません。この短刀は蒼金剛《あおこんごう》と呼ばれる魔力を分解する性質の鉱石を使っていて、簡単に言うと魔術を斬れます」

　魔術を斬れるだと。

　想像以上の性能に思わず短刀を見るが、疑問が浮かぶ。

「この刀身だと斬る前に術が直撃しないか……？」

「しますね」

　だめではないか。

「もっと長く作れないのか？」

「もちろんできますが、そこまで行くと武具屋で探した方がいいでしょうね。それに、お値段の方が……」

言われて値札を見る。

百五十万。

この長さでこの値段。

実用的なサイズにすると幾らになるのか想像もしたくない。

「武具にすると高くなりますが、蒼金剛の矢尻なども扱っていますよ。防御術を使う魔獣に有効なんです」

なるほどな。

矢尻サイズならばまだ現実的な値段になるし、再利用も可能だ。

切り札として悪くない。

「矢尻はいくらなんだ？」

「三つで五十万になります」

「…………」

現実的……か？

†

「ありがとうございました」

店員に見送られて店を出る。

ジグは当然買わず、シアーシャも小物を一つ買っただけのようだ。

「何を買ったんだ？」

彼女は小さい筒のようなものを持っている。

「光を発生させる魔具です。込めた魔力に応じて時間や光量が変わるんで、便利なんですよ」

彼女は夜によく本を読んでいるので、明かりに良さそうだ。

「戦闘で使えそうな魔具は高すぎてまだまだ買えそうにないですね……見ているだけでも楽しかったですけど」

「魔術杖だったか？　あれはどうなんだ」

「あれ魔術師の近接用武器で、ギミック付きの鈍器ですよ。殴るタイミングで起動すると爆ぜるらしいです」

随分物騒だな。

しかし初心者に鈍器を持たせるのは悪くない。

刃筋を考えなくともただ殴るだけで十分使える。

彼女にはあの土盾があるから必要なさそうだが。

「そういえば聞きました？　あの幽霊鮫、倒されたらしいですよ」

「ほう」

戦闘能力は分からないが、捜すのも仕留めるのも難儀しそうな相手だったのだが。

「あの魔獣は嗅覚が非常に鋭いから、血まみれの餌を置いておくと必ず現れるんです。そこを円形に囲んで、餌に食らいついたところで袋叩きにするのが常套手段だとか」

「気づかれないのかそれ」

「全身に草の汁を染みこませておけば平気だそうですよ。視力はそこまででもないみたいなんで」

強引な手段だが倒せるなら立派な戦術だ。

巨体の割に狡《こす》い能力だと思ったが、やはりあの魔獣は直接戦闘向きではないようだ。

しかしその脅威は侮れない。

いると分かっていれば対策は立てられるが、犠牲者が出る前に気づけるかどうか怪しいところだろう。

「明日からの獲物には目星をつけているのか？」

「おおよそは。飛烏賊《とびいか》と刃蜂《じんばち》のどちらか、あるいは両方にしようかと」

どちらも聞いたことがない。

蜂はなんとなく分かるが、烏賊？

「烏賊って、あのイカか？」

「はい。私は本でしか見たことないですけど、海のアレです」

彼女は本を取り出すとこちらに開いて渡した。

受け取って背表紙を見ると、いつかジグが資料室で見つけた魔獣図鑑だった。

開かれたページには今しがた話していた魔獣が載っている。

▼飛烏賊。
樹上で生活しており、腕を使って木々を自在に移動する。

主食は小動物だが大きな個体は人間も襲うことがある。

樹上から飛びかかり触腕で動きを封じ、口吻《こうふん》を突き刺すと消化液を注ぎ込み体内を分解してその体液を啜《すす》る。

飛烏賊に襲われた生物は中身が空洞になり死因が分かりやすいため、この死体を見つけたら頭上に注意。

意外かもしれないが頭は悪くないので安易な囮《おとり》には釣られない。

その体はとても美味で高値で買い取られている。

口吻は細く丈夫なため医療などに様々な需要がある。


「陸にもいるのかアレ。捕食方法が中々……」

「味が気になりますね！」

この物騒な生物に対して感想はそれだけか。

彼女の妙な図太さには呆れる。

「刃蜂は……尾が刃物のでっかい蜂です。毒はないらしいですけど」

名前通りというわけか。

「しかし蜂と同じということは、こちらの方が危険度は高いんじゃないか？　数で来られたら捌ききれんぞ」

「大型の巣を作るんですけど、それに手を出さなければ大丈夫です。働き蜂が狩りをする時に、何匹かのグループで巣を離れるのでそれを狙おうかと」

数匹であれば対処に問題はないだろう。

それに剣と違い魔術なら面制圧はお手の物だ。

「なぜそいつらなんだ？」

「一つは報酬が美味しいことです。もう一つはこの二種が捕食し合う関係だからですね」

「捕食者と被食者が両立することとなんてあるのか？」

あまり詳しくないが、生態系が崩れたりしないのだろうか。

「数や地形、奇襲や個体としての大きさの違いなどで、捕食者の立場が変わることとなんてよくありますよ。数では刃蜂が、個体としては飛烏賊が。どっちが勝つのかはその時次第です」

勝負は時の運。

強い方が必ずしも勝つわけでもないのは、自然界でも変わらないというわけか。

「そんなわけで、片方を探していればもう片方も探しやすいかと思いまして。刃蜂の依頼を受けて、飛烏賊も倒せたら素材を売り払おうという予定です。刃蜂の素材はそこまででもないんですが、増えすぎると厄介なので、討伐依頼がいつも出ているんです」

彼女も色々考えているようだ。

冒険者としての情報収集も抜かりない。

効率的に依頼をこなして昇級を狙いつつ金策も兼ねている。

「了解。となると烏賊は俺が担当するべきかな?」

「お願いします。私がスカスカになるかどうかは、ジグさんに掛かっています」

「大役だな。最善を尽くそう」

冗談めかしながら帰途に就いた。

†

今日も今日とて冒険者日より。

ギルドでシアーシャが依頼をとってくるのを待っている。

あくびを噛み殺しながら椅子に座るジグに、またしても近づく人影があった。

「ここ、いいかな？」

台詞《せりふ》まで昨日と同じなのはなんの偶然か。

「どうぞ」

せっかくなのでこちらも同じ台詞を返す。

同じように水を差し出すと相手が怯んだ。

「い、いや。ちょっといま喉が渇いてなくてね」

その反応で眼帯女と繋《つな》がりのある人物だと分かる。

長剣を背負った赤髪の男。

歳は同じぐらいだろうか。

体つき、立ち居振る舞いだけで実力者と分かる。

「俺はアラン。アラン＝クローズ」

「ジグだ」

「よろしくジグ。いきなりだが単刀直入に聞きたい。あの時声をかけてくれたのは君か？」

アランは自己紹介に応じると前置きもなく話を切り出した。

話が早いのは嫌いじゃない。

彼は確信しているようだ。

下手なごまかしが利くようには見えない。

「それを知ってどうする？」

「何も。ただお礼が言いたいんだ」

「おそらくそいつは、お前らの戦闘技術を盗もうと観察していたんだろう。それでたまたま気がついた。それでもか？」

ジグはアランの真意を探ろうとした。

「もちろんだ」

即答だ。

「盗み見されていたのはいい気分じゃないけど、仲間の命には代えられない。助けてくれたことには感謝しかないよ」

「……そうか」

迷いがない言葉だった。

演技である可能性は捨てきれないが、元々目を見ただけで信じられるほど眼力のある方じゃない。

バレている以上、誤魔化すのも意味がない。

襲ってきたら皆殺しの精神で行こう。

両手を上げて降参のポーズをした。

「そうだよ、俺だ」

「あれ、案外素直に認めるんだね」

「まどろっこしいのは嫌いなんだ」

「なんにせよ、ありがとう。君のおかげで仲間が助かった」

アランは頭を下げた。

ジグはひらひらと手を振る。

「気にするな。さっきも言ったが偶然だ」

「なにか特別な技能があるわけじゃないのかい？」

「ないな。偶然光が当たって景色が歪まなかったら、間違いなく気付かなかった」

当然、匂いのことは隠す。

そこまで話してやる義理はないからだ。

実際気づいたのは偶然なので、まるっきり嘘というわけでもない。

「君は冒険者じゃないんだよね？」

「ああ。荷物持ち兼護衛だ」

「彼女、噂になってるよ。期待の新人だってね」

「らしいな」

彼の耳にも入っているようだ。

「なにかお礼がしたいんだけど、冒険者じゃないなら現金がいいかな？」

「あれぐらいで金は取らん」

「まあまあそう言わず」

断るがアランは引き下がらない。

この若さで冒険者上位に入るだけあって案外強引だ。

「貸し一つだ。そのうち適当に返してくれ」

何かしら譲歩しなければ引き下がらないと考え、適当に言ってお茶を濁す。

「うーん……すぐには思いつかないしそこが落としどころか。いつか必ず返すからね」

「期待しないで待ってるよ」

「じゃあ今日のところはこれで。ああ、そういえば……エルシアさんがすごい怒ってたよ」

誰だ。

とはいえ怒らせた人間など心当たりは一人しかいない。

「あの眼帯女か」

「眼帯女って……彼女は三等級のすごい冒険者なんだ。あんまり無茶しないようにね」

三等級か。

今のシアーシャからすると雲の上のような存在だな。

あの眼帯女、そんなに強かったのか。

「下の方はたいしたことないようだがな」

「……それ本人に絶対言っちゃ駄目だよ」

苦笑いしながら去っていくアラン。

その背を何とはなしに見送る。


「……気にしすぎだったか？」

見た限りこちらに危害を加えようという風には見えない。

こちらと向こうでは価値観も違うから何とも言えないが……。

「だとしたら、先日のは少しやりすぎたかもしれないな」

何かしらの魔術を使ったことに気が付いてああいった手段に出てしまったが、慣れない地で少し過敏になっていたのかもしれない。

「面倒なことにならなければいいが」

依頼をとってきたシアーシャに手を上げながら呟いた。

†

依頼は無事取れたようだ。

しかし彼女は釈然としない顔をしている。

「どうした？」

「……仕方のないことなんですけど、人が増えてきました」

それはまあ、当然だろう。

今受けているのは八等級の依頼。

七等級以下が冒険者の半分を占めるということは、六・七・八等級の依頼が最も人口の多い層だ。

つまり。

「高確率でかち合いますね。獲物の取り合いになるかもしれません」

当たり前だが皆稼ぎたい。

割のいい依頼や儲かる依頼に人が集まるのは必然だ。

人が多いということはそれだけ揉め事も多くなる。

効率のいい狩場などは取り合いになるだろう。

「私たち新入りですからね……肩身の狭い思いをするかもしれません」

古参の冒険者たちの縄張りに踏み込むと、面倒ごとになるのは目に見えている。

おいしい狩場は、ほとんどとられていると考えるべきだろう。

「とりあえず行ってみましょう。ダメそうならまた何か考えます」

「それしかない、か」

一度受けてしまった以上、破棄すれば違約金が発生し、評価が下がってしまう。

それはどうしても避けたい。

二人は足早に転移石の部屋に行くと、行列にやきもきしつつ森林へ向かった。

転移場所から東へ。

今まで袋狼を倒していた場所の反対に行く。

現地に近づくにつれ二人の表情が曇っていく。

遠目に見るだけでも人が多い。

「これは……想定以上ですね………」

シアーシャが若干の苦々しさを顔に滲ませる。

視線の先には刃蜂のものと思われる巨大な巣があった。

三分の二ほどが地面に埋まっており、露出した部分から小さな子供ほどの大きさの蜂が出入りしている。

体色は普通の蜂とは違い黒。

所々に白いラインが走り、尾の先に細身の曲刀のような刃がついている。

巨大な巣から距離をとり、冒険者たちが遠巻きに陣取っていた。

他のパーティーとかぶらないように、戦いやすい平地で多くの冒険者が待ち構えている。

巣から無数の刃蜂が出入りしているが、飛んでいるため戦闘のできそうなルートを通る数は思いのほか多くはない。

「刃蜂は地中に巣を作るんですけど、大きくなるとあんな風にはみ出すんですよ」

「あの巣を片づければだいぶ減るんじゃないか？　地中を処理するのは手間かもしれんが、油を流し込むなり、やりようはあるだろう」

当然と言えば当然の疑問に彼女は微妙そうな顔をする。

「刃蜂は女王がいなくなると、残った中で最も大きい個体が次の女王になるんです。ただ巣を破壊してもいずれまた作り直すでしょうね。それに……」

彼女は少し言い渋る。

「それに、冒険者が協力しないと思います。彼らにとってはいい稼ぎ場所ですから」

「……そういうことか」

彼女の言わんとするところを理解する。

つまり彼らは刃蜂にいなくなられると困るわけだ。

手順も分かりきっていて危険も少ない魔獣を、機械的に狩るだけで収入が得られる。

実に安定していて、無理なく定期的に稼げる。

「悪いとは言いませんが、冒険者という名前は変えた方がいいですね」

既得権益に縋《すが》りつくその様は冒険とは程遠い。

農家だって工夫を重ね、毎日を天候・害獣相手に戦々恐々としているというのに。

「一応、まるで危険がないわけではないらしいですよ？　時折近づきすぎたり、流れ弾が当たったりして、大量の刃蜂が四方八方から襲いかかることがあるらしいです」

シアーシャも思う所があるのだろう。

その言葉には含みが多分にあった。

なんだかんだ冒険者という職業を楽しんでいる彼女には、彼らを受け入れがたいのかもしれない。

「随分好き勝手言ってくれるじゃないか」

「えっ!?」

声に振り向く。

そこにはこちらに敵意を向けた冒険者パーティーがいた。

「始めたばかりの小娘が、でかい口叩きやがって」

……馬鹿な。

人は多いがそれなりに距離があった。

大騒ぎしているわけでもない、聞こえる声量ではなかったはずだが。

シアーシャも驚いているようで返答に詰まっている。

相手を観察すると、一人に特徴的な部位があることに気づいた。

声をかけてきたうち一人の男の耳が長い。

笹穂《ささほ》のような形をした細長い耳だ。

変わり種というには整いすぎている。

こちら特有の人種かもしれない。

あの耳が伊達でないのなら、聴力に秀でている可能性が高い。

迂闊だった。こちらの人間は自分がいたところとは根本的に違うところが多く見られる。

頭では理解していてもつい普通の人間基準で行動してしまった。

「失礼なことを言ったのは謝ります。ですが利益のために本末転倒なことを良しとするのは理解できかねます」

聞こえてしまったものは仕方がないと、シアーシャが開き直る。

「……お前に、俺たちの何が分かるって言うんだ」

彼自身、分かっているのだろう。

絞り出すような声には、怒りよりも自分への苛立ちが含まれていた。

それでも、見た目小娘のシアーシャに言われるのは、彼らの癪《しゃく》に障ったようだ。

男たちの敵意が少しずつ膨れていくのを感じる。

彼女がそれに気づく様子はない。

殺意ですらない敵意なんて生温《なまぬる》いものを向けられても、気づけないのだろう。

「分かるわけないですね。私は……」

「シアーシャ、よせ」

さらに言い募ろうとする彼女を止める。

「っ、…………はい」

咄嗟《とっさ》に何か言おうとした彼女は、しかしジグを見るとおとなしく引き下がった。

まだ何か言いたげではあるが。

ジグはシアーシャの肩を叩くと男達に向き直った。

「悪かったな、人が多くて苛々していたんだ」

「……ふん。女の後を付き纏《まと》うだけの腰抜けめ」

男は吐き捨てるように言う。

瞬間、背後で殺気が膨れ上がるのを小突いて止める。

彼らは幸運にもそれに気づかぬまま背を向けて去っていった。

「…………」

それを無言で見送るシアーシャの目は険しい。

彼らの姿が小さくなっていく。

この距離なら流石に聞かれることはないだろう。

それぐらい離れたところで口を開く。

「どうして止めたんですか？」

咎《とが》めるような口調ではないが、やはり不満気だ。

ジグは諭すように説明する。

「ああいう人間は想像よりずっと多い。敵に回すのはお勧めしないな」

「…………」

この答えでは不満だったようだ。

彼女はそっぽを向いてしまう。

「それにな」

その仕草に苦笑いしながら続ける。

「皆が皆、強いわけではないんだ。自分の理想と現実の自分に向き合って折り合いをつけなきゃならん」

「……ジグさんもですか？」

「ああ」

常に強く、上を目指し続ける姿勢は素晴らしいものだと思う。

だが、それを他人に押し付けるのは少し違う気がする。

「気に入らん奴がいても、そういう考えの人もいるんだな、程度に思っておけ。面と向かって相手をしていたらきりがないぞ」

「……はい」

彼女なりに納得がいったのか、いつもの顔に戻っていた。

「ただし理解も、それに付き合う必要もない。お前は今まで通りやればいい」

誰もが強いわけではない。

だが強い人間、強くなろうとする人間がそれに付き合わされて足を引っ張られるのもまた違う。

「そうします。差し当たってですが、今日は別のことをしましょう」

いつもの調子を取り戻した彼女の判断は早い。

既に頭を切り替えて次の方針を考えていた。

「依頼をキャンセルするということか？　流石にそれはマイナスが大きすぎるような気がするが……」

評価値が下がっても降級することはないが、マイナスされた分は取り戻してからでないと加点されない。

「キャンセルはしません。刃蜂は他の冒険者たちが狩り終えて帰った頃に、最速で倒しましょう。それまでの間、この辺りを探索して数が多く討伐の容易な魔獣を探します」

この辺で数が多く、依頼をこなしやすい魔獣を絞り集中的にこなすというのが彼女の計画のようだ。

「分かった。金額はどうする？」

「今回に限っては報酬は二の次でいきます。とにかく加点を狙って八、九等級を抜け出すことに集中したいんです。ここさえ抜けてしまえば、金額も数も豊富な依頼にありつけるので、辛抱です」

「なるほどな。了解した」

あくまで効率的に。

違うのは今ではなく先を見た効率の良さだった。

二人は方針を決めると刃蜂の巣を迂回し、奥へと進んでいった。

†

巣を迂回し、森の奥を二人で探索する。

この辺りは虫型の魔獣が多く、そこかしこで羽音がする。

「というか虫型の魔獣って魔獣でいいのか？」

魔蟲《まちゅう》ではないのだろうか。

「正確には魔獣目魔蟲科という分類らしいですよ。面倒なんで、みんな魔獣呼びですけど。もっと簡略的に蜂やイカとしか言わないのも珍しくないですね」

「最終的に伝わりさえすればいい名称になるのは現場の宿命だな」

軽口を交わしながら周囲を調べる。

だがあまり芳《かんば》しい結果ではないようだ。

「どうにも種類がばらついているな」

小さな群れや巣は見つかるのだがそれ止まりだ。

頻繁に遭遇するような魔獣はおらず、大物も見ない。

「この辺りは刃蜂のテリトリーですからね。あまり大きな群れだと見つかるので、小規模の群れしか作らないのかもしれません」

それか大きな群れを作る魔獣は食いつくされてしまったか。

この森全体にとっても刃蜂は脅威だということか。

ジグは自然な仕草で手をシアーシャに見せる。

「ここの魔獣が不意打ち、待ち伏せが多いのはそのせいか」

「でしょうね」

親指を立てた拳を下に向けた後に指で二と示した。

敵あり、数は二。

彼女は無言で頷くとジグの一歩後ろに下がる。

彼が先行して数歩進む。

頭上の木が揺れて何かが飛び降りてきた。

緑と茶色のまだら模様をした飛烏賊だ。

細身の女性ほどの大きさをした飛烏賊は、触腕を広げて獲物を絡めとろうと襲い掛かる。

そこに横合いから飛んできた石弾が直撃した。

二匹は弾き飛ばされたがさしたる痛手ではないようだ。

よろよろと身を起こすと奇襲の失敗にすぐさま逃げにかかる。

そこにジグが突っ込む。

木の枝を掴もうとした触腕をまとめて斬り飛ばす。

地に落ちた飛烏賊が起き上がるより先に二匹を仕留めた。

「うーん、いまいち土魔術は効きがよくないですね」

シアーシャが自分の術を受けてもぴんぴんしていた魔獣に渋い顔をする。

この弾力的でぬめりのある体には、杭や石弾が効果的ではないのだ。

逆に火や電気だとあっけないくらい簡単に倒せるらしい。

その場合は価値のある身の部分が売れなくなるので考え物だが。

「相性が悪かったのさ。身を売れると前向きに考えよう」

今しがた狩ったばかりの飛烏賊を剥ぎ取る。

先ほどまでまだら模様だったのだが、死んだ今はどちらも真っ白だ。

「なんで色が変わるんだ？」

「普通の烏賊も色が変わるらしいですよ？　威嚇の時とかで体色が変化するって読んだことがあります。あ、触腕は食べられないので取らなくていいですよ。えんぺら、肝、口吻、消化液袋が買い取り対象です」

彼女の指示に従い部位を剥ぎ取っていく。

「消化液袋は傷つけないように気を付けてくださいね。外気に触れるとダメになっちゃうんです」

「こんなもの何に使うんだ？」

外気に触れると使い物にならなくなるなら、用途はあまりなさそうだが。

「剥製を作る時に重宝するらしいですよ？　とても状態のいい物ができるんだとか」

「……こんなものまで利用する姿勢は正直尊敬するな」

「職人の飽くなき探求心には頭が下がりますね」

剥ぎ取りが終わると周囲を見る。

それなりに奥まで来たようで、周囲に他の冒険者はいない。

「飛烏賊が向こうから来てくれたのは幸いだったな。この迷彩では探すのに一苦労だ」

何の匂いもしなかったので、魔術で色を変えているわけではないようだ。

「数が少なくて私は小柄ですから、行けると思ったんでしょうね」

「なるほどな。パーティーを組むと、こういった隠密特化の魔獣の襲撃を回避できるのか」

隠密性に長《た》けた魔獣は直接戦闘能力に難があるため、反撃を受けやすい複数の人間を襲うことは避ける。

これは大きなメリットだ。

「そう考えるとあの鮫は、隠密型のわりに強い方だったのかもしれませんね」

あの魔獣は不意を衝きこそしたが、数人を相手にかなり攻撃的な行動をしていた。

捕捉されても逃げ切れる速さと、ともすれば目の前にいても見失いかねない高い隠密性があってこそだろう。

あの鮫と比べると、同じ隠密型の飛烏賊はずいぶん見劣りするように感じる。

「ジグさんジグさん……！」

「うん？」

シアーシャが興奮気味に声を潜めて呼びかけてくる。

「あれ見てください……！」

彼女の差す方を見る。

そこでは魔獣同士が争っていた。

片方は刃蜂だが、もう片方は見たことのない魔獣だ。

灰色の芋虫のような体をしているが、特徴的なのはその脚だ。

昆虫のように細く長い脚が、体の脇からいくつも伸びていて、その脚で俊敏《しゅんびん》に動き回っている。

尾には針がついている。

刃蜂を素早い動きで翻弄《ほんろう》しながら、尾を振るって叩き落としていく。

「あれは確か……岩蟲《いわむし》ですね。芋虫のような見た目ですがあれで成虫です」

「あいつは中々強いな」

十数匹の刃蜂を相手に、大した痛手も受けずどんどん減らしていく。

これだけ数の差があるのだ、当然すべて避けきれるわけはない。

素早い動きもそうだが、見た目以上に防御も堅いようだ。

「この辺りではかなり強い方ですよ。本来は七等級がパーティーを組んで倒す魔獣ですから」

「道理でな」

「ジグさん、あれ私たちで倒しちゃいましょう」

シアーシャの提案にジグは考える。

倒すことは可能だ。

速くはあるが対応不可能な速さには程遠い。

自分一人で相手取るならば刃蜂の群れの方がよほど厄介だ。

気にしているのはギルドの方だ。

「いいのか？　勝手に格上の魔獣を相手にして」

本来なら上の依頼は一等級までしか受けられない。

二つも上の依頼を勝手にやって規則に触れないのだろうか。

彼の懸念はそこにあった。

「確かに本来手を出してはいけない相手ですが、例外はあります。相手が襲い掛かってきた場合に、やむなく迎撃するのは認められています。その際に撃破したならば、ちゃんと報酬も出ますよ」

これが動きの遅い魔獣であったり、好戦的でない魔獣であれば通らないだろう。

しかし岩蟲は好戦的かつ動きの速い魔獣だ。

言い訳としては十分。

「了解した。部位はどうする？」

「岩蟲に使える素材はほとんどありません。尾の針さえあればいいので、思いっきりやっちゃってください」

そうこうしているうちに決着がついたようだ。

最後の刃蜂が岩蟲の顎に噛み砕かれて絶命した。

ジグが走る。

あまり音をたてないようにしていたが、岩蟲は敏感に察知してこちらを捉えた。

耳も悪くないようだ。

ならば遠慮はいらないと、さらに速度を上げるジグ。

接敵する少し前、シアーシャが術を放つ。

しかし敏感に察知した岩蟲は地の杭を躱す。

岩蟲は正確には耳がいいのではない。

体から生えた薄い毛が、空気や地面の振動を感知しているのだ。

長い脚を巧みに使い身をくねらせて杭を避ける。

回避した直後だというのに、体勢の崩れはまるでなかった。

そのまま顎を突き出し噛み砕かんと迫る。

右に飛んで躱し、脚を斬り飛ばそうとする。

しかし岩蟲はすぐさま方向を変えると、変わらぬ勢いのまま追尾する。

無数の脚は急な方向転換にも耐えうるバランス感覚を生み出していた。

「ちっ！」

やむなく後ろに下がりながら剣を振るう。

勢いが殺されたため傷を負わせることはできないが、顎を横からたたかれた岩蟲の方向がそれる。

そのまますれ違いざまに振るわれた尾をかがんで躱すと、反転して突撃してくる岩蟲に備える。

接触する前、またシアーシャが術を放つ。
またしても察知し回避行動をとるが、今度はそうはいかなかった。
今度の術は杭ではなく壁。
横に長い壁だ。
身をよじった程度で躱せるものではない。
岩蟲の体の前部分が打ち上げられる。
自慢の脚は地を離れ、蠢《うごめ》くしかない。
壁の上にジグが飛び乗った。
打ち上げられ、無防備な腹をさらす岩蟲をジグの双刃剣が横一閃に薙《な》ぐ。
刎《は》ね飛ばされた頭部が宙を舞う。
残された胴体が脚を蠢かせながら地に伏した。
頭部はしばらくせわしなく顎を動かしていたが、やがてゆっくりと動きを止める。
「……こんなものか」
汚れを拭き武器を仕舞う。
中々の強さだった。
あの脚を用いた旋回性は脅威だな。
「最近、私の術読まれたり効かなかったりしすぎじゃないですかね……」

釈然としない表情でシアーシャが愚痴る。

「そう言うな。いいフォローだったぞ」

絶妙なタイミングの打ち上げだった。

自分だけならもっと手間がかかっていただろう。

「ありがとうございます。しかしこうなると本格的に魔具が欲しくなりますね……属性一つだと色々不便です」

「資金、貯めないとな」

シアーシャに剥ぎ取りを任せて刃蜂の死骸を集める。

「それにしてもいい仕事をしてくれました。これで刃蜂の討伐数は足りますよ」

「いいのかそれ」

「いいんです。岩蟲が刃蜂を倒して、岩蟲を私たちが倒した。勝者の総取りです」

漁夫の利も戦場の常、ということか。

「今日はもう十分でしょう。帰りましょうか」

「ああ」

途中まで倒した魔獣の素材で荷物も一杯だ。

二人は来ていた道を引き返す。

刃蜂の巣の近くまで来た。

冒険者たちはまだ残っているものも多い。

順番に倒しているため時間がかかるようだ。

彼らは森の奥から戻ってきたシアーシャ達を怪訝《けげん》そうに見る。

しかしその荷物が、魔獣の素材ではちきれそうになっているのに気づくと、顔色が変わる。

羨望、嫉妬、怒り、苛立ち。

様々な視線を一身に受けるのを感じた。

ジグはその中に昼間の冒険者を見つけた。

しかしシアーシャが彼らに目を向けることはない。

振り返ることなく彼女は進んでいった。

†

ギルドへ戻るといつものように受付に報告へ行く。

「いつもお疲れ様です。今日はずいぶん多いですね」

「査定お願いします。あ、こっちは臨時の討伐証明です」

岩蟲の針と顎をジグが渡す。

「はい、承り…………？」

受付嬢が素材を見て少し止まる。

「あの、これ岩蟲の大顎《おおあご》ではありませんか」

「へーそんな名前だったんですねあの魔獣」

白々しいと感じるのは事実を知っているからだろうか。

それを知ってか知らずか、受付嬢は怒り出す。

「駄目じゃないですか！　岩蟲は七等級相当の魔獣ですよ！」

「そういわれましても……急に襲われて仕方なく応戦したんですよ。逃げようとしたんですが素早くて逃げきれなくて………」

しおらしくしょぼくれて見せる。

受付嬢はそれを見て我に返り、声を抑えた。

「すみません、大きな声を出してしまって。そういう事情であれば仕方ありませんが、決して無茶はしないように」

「……はい、気を付けます」

彼女は真剣に心配しているようだ。

シアーシャは少し心が痛んだ。

「でも、お見事です。岩蟲を二人で倒すなんて、簡単にできることじゃありません。このことは上に報告しておきます。優秀な冒険者には相応の便宜を図るのがギルドの方針です。悪いようにはならないでしょう」

「ありがとうございます」

礼を言って受付を離れる。

「怒られちゃいました」

「まあ、仕方ない」

「でも不思議と悪い気はしませんでした」

「上辺だけでなく、本気で心配していたからじゃないか？」

「そうなんですか？」

「多分」

その後シアーシャはいつものように本を借りに資料室へ。

ジグは食堂で待つ。

「ここ、よろしいでしょうか？」

またか。

ここのところこればかりだな。

顔を見ずとも声だけで分かる。

それくらいには毎日顔を合わせている相手だ。

「…………どうぞ」

「失礼します」

そう言って受付嬢は対面に座った。

「仕事はいいのか？」

「休憩時間ですから」

会話が途切れる。

ジグはそもそも自分から話すことがない。

対して受付嬢はジグを上から下までじっとりと観察している。

「………いくつかお聞きしてもいいでしょうか」

ひとしきり観察すると満足したのか話を切り出す。

「どうぞ。都合の悪いことは答えなくてもよければだが」

「それで構いません。あなたは過去に冒険者の経験はありますか？」

「ないな」

「では過去に何らかの戦闘に関わる職業についていましたか？」

「ああ。傭兵を長いことやっている」

彼女の眉がわずかに跳ねる。

相手にとってあまりいい情報ではなかったようだ。

「……傭兵、ですか」

「気に入らんか？」

「い、いえ、そういうわけでは……」

「こっちの傭兵は随分質が悪いみたいだからな、無理もない」

「……あなたのいたところでは違ったのですか？」

気になる話に受付嬢はわずかに身を乗り出す。

「簡単に契約を破る奴には仕事がなくなるからな。団の名前にも傷が付くから、そういう奴への処置は厳しい」

「そうなんですね……失礼しました」

「謝る必要はない。殺しで金を稼いでるのは紛れもない事実だ」

「…………そうですか。あなたとシアーシャさんはどういう関係なんですか？」

「護衛対象で、依頼主だ」

彼女は表面上何事もないように振る舞っているが、隠しきれない嫌悪が見て取れる。

真っ当に生きてきた者の、当然の反応であった。

「その言葉に偽りはないと信じます。……彼女はとても有望な冒険者です。勉強熱心でこれからの模範となるべき人間になるでしょう」

評価が高いとは思っていたがそこまでとは。

本人曰く目立ちすぎるのは本意ではない、とのことだが……。

十分以上に目立っているぞ。

内心でため息をつきながらも受付嬢に話の続きを促す。

「しっかりと、彼女を護ってあげてください。ギルドに必要な人材です」

「言われずとも、仕事だからな。金を払われている間は護るさ」

その言葉は彼女の望むものではなかったのだろう。

金を払われている間は云々のあたりで、非常に強い嫌悪を感じた。

「そうですか。くれぐれもよろしくお願いしますね」

事務的に、何の感情も込めずに受付嬢は席を立つと戻っていった。

その背を見送りながら考える。

彼女はきっと、金よりも大切なものがあると思う人間なんだろう。

実際その通りだと、彼自身思う。

金は大抵のことは解決できるが、そこに甘えると肝心なところで手が届かない。

ジグも今まで何度か経験してきたことだ。

あの受付嬢がそれを実感しているかは知らないが、仮に知らなかったとしても、知識や教育のみでその答えに至ることができているのなら、教育というのも馬鹿にできない。

「……ま、何をおいても金がないと始まらないのは事実なんだがな」

シアーシャが階段を降りているのが見えたので彼も席を立つ。

今日はいつもより多く稼げたためか、本が一冊増えているようだ。

「このあとはどうしましょう。すぐ帰りますか？」

「鍛冶屋に寄っても構わないか？　手入れがしたい」

魔獣を斬ると非常に武器が傷みやすい。

最近は自分で手入れをするだけだったので、本格的に研ぎに出したかった。

「もちろんです。いっそのこと新調しませんか？　最近お金も貯まってきましたし」

「新しい武器か……」

こちらの素材を使った武器に興味はある。

魔獣の牙や爪は非常に頑強で、並みの鉄剣など凌駕するほどの耐久力を持つ。

双刃剣は鋭さよりも重量と遠心力で叩き割る武器だ。

当然、武器にも耐久力が求められ大型化と重量化を避けられない。

だが魔獣の素材を使えるのならば話は変わってくる。

十分な耐久性を最低限の重量で補える。

重量が落ちる分威力は下がるが、やりようはいくらでもある。

落ちる威力よりも機動力が上がることで、できることが増える恩恵の方が大きい。

「値段次第だが、悪くないかもな」

「そのあたりの見積りも兼ねて、いろいろ聞いてみましょう」

「そうするか」

このあとの予定が決まると二人はギルドを出た。

露店で小腹を満たしつつ、初日に訪れてそれっきりだった鍛冶屋に向かった。

店は仕事終わりの冒険者で混み合っている。

「いらっしゃいませ、先日はありがとうございました。本日はどのようなご用件で?」

店員はこちらのことを覚えていたようだ。

……あんな邪魔くさい牙を担いでやってきた客なんて、嫌でも覚えるとも言うかもしれない。

「武器の研ぎを頼みたい。ついでにこれと同じ系統の武器を探しているんだが、ないか?」

「両剣ですか……とても使い手の少ない武器なので、店頭に並べている中にはありませんね。

倉庫にあるかもしれないので担当の者に連絡しますね」

ジグはこの武器を双刃剣と呼んでいるのだが、こちらでは両剣というらしい。

地方によって武器の名称が微妙に違うのはよくあることだ。

武器を渡して待つことしばらく。

シアーシャは暇つぶしに店内を回っている。

相変わらず不思議な品揃えの武器を眺めていると、店員が戻ってきた。

「ご要望の武器はこの二つしかありませんでした」

台車に載せられてきたのは二本の双刃だ。

片刃の直剣が付いたものと両刃の長剣が付いたもの。

片刃の方は緑がかった妙に生物的なフォルムをしている。

「こちらは薄刃首狩蟲《ウスバクビカリムシ》の鎌をまるごと使用した逸品です」

生物的どころかそのものだった。

「非常に鋭いため、扱いに長けていないものが迂闊に振るって、腕を切り落としたことすらあります」

「……そうか」

これから売ろうという相手に、そのセールストークはいかがなものだろうと思うジグであった。

それを知ってか知らずか、より詳しく説明を続けているが、彼としてはこの武器は早々に選択肢にない。

扱いきれないということはないが、彼が武器に求めるのは信頼性だ。

よく切れる武器はそれだけ脆くなりやすいため、連戦や消耗戦に向かない。

そもそも重量と遠心力で叩き割る武器なのだ。

大剣に切れ味を求めるようなもので、コンセプトからして間違っている。

「――以上になります。次にこちらの武器ですが」

一通り説明が終わったのか、ジグの興味が逸れているのに気がついたのか、もう片方の解説を始める。

「こちらは蒼双兜《アオフタカブト》の角から削り出した物になります」

「持ってみても？」

店員が頷くのを確認してから手に取る。

重量は今使っているものより少し軽いぐらいか。

蒼色の刃は肉厚で頑丈そうだ。

「少し振ってみたいんだが……」

「こちらへ」

店員についていく。

工房の近くにある少し広めの場所に来た。

そこでは試し切りに使うような大きめの薪がいくつかあった。

「ここでなら多少振り回しても問題ありません」

「助かる」

店員が離れるのを確認して始める。

使い込んだいつもの武器ではないので、慣らすようにゆっくりと振るっていく。

重心、握り手、振るった時の刃の間合い。

それらをひと振りする毎に確かめる。

無心で剣を振るジグに、周囲で槌を叩いていた職人たちが思わず手を止める。

だんだんと大きくなる風切り音が、彼らの耳にも届くほどになっていた。

武器を把握するたびに剣速は上がって行き、今の速度は周りの人間にまるで捉えることができない。

「そのまま、そこの鎧を斬ってください」

店員が脇にある試し切り用の鎧を指す。

「いいのか？」

「構いません」

その言葉が終わるやいなやジグは勢いをつけた渾身の一撃を鎧に叩き込む。

台座を傷つけぬように横に振るわれた刃は鎧のわき腹あたりに命中。

紙細工のようにひしゃげて上半分が回転しながら吹き飛んだ。

「お見事」

残心をといたジグが武器を見る。

強烈な斬撃で熱を持つ刀身は傷ひとつ付いていなかった。

「すごいな」

重心の偏りもなく、リーチ・重量ともに文句なしだ。

魔獣の素材が優秀なのは分かっていたが、ここまでのものとは思わなかった。

是非とも欲しいところだが、これほどの武器だ。

そうそう手を出せる値段ではないだろう。

「これはいくらだ？」

それでもつい値段を聞いてしまうのは未練故か。

「こちらは百万になります」

「やはりそれくらいはするか……」

予想通りの値段にうなだれる。

「ですが」

しかし続く言葉に顔を上げる。

「もともと買い手がいなくて倉庫にしまわれていた品ですので、造った人物に交渉できるかもしれません」

「本当か？」

「はい。両剣は使い手が少ないので、当店としても処分に困っていたのですよ。……少ないというのは誇張でしたね。正確には私の知る限りこの街にはいません」

「一人もか？」

「過去に一人いました。そちらの持ち主でした」

店員が緑の双刃剣を指す。

「………なるほど」

なんともはや。

「交渉してみますか？」

ジグは考える。

仮に値下げされたとしても、こちらが出せるのは五十万がいいところだ。

いくら処分に困っているといっても半額にはならないだろう。

材料費や手間賃を考えても八十万はいると見ていい。

「……残念だが、やめておこう。まだ手持ちがないんだ」

「そうですか………それは、手持ちさえあれば買う意思はあるということですか？」

「どういう意味だ？」

やむなく断るジグに店員は妙なことを言い始めた。

取り置きでもしてくれるのだろうか。

そんなことをしなくとも、彼女の話では使い手がいないそうなので売れることはないだろう。

「お客様さえよろしければ、料金は後払いにすることもできますよ。無論、頭金は必要ですが」

「ローンか……」

悪魔の囁きだ。

かつてそれで身を崩してきた同業者を山ほど見てきているため、その恐ろしさはよく知っている。

この仕事が終わったらまとまった金が入る、などと皮算用していたところに敗走・依頼主失踪のコンボをくらい奴隷にまで身を落としたやつすらいた。

家財を差し押さえられて呆然としているところを、身ぐるみ剥がれて馬車に押し込まれていくのを悲痛な顔で見送ったものだ。

「い、いや、やめておこう。手元にない金で物を買うのは性に合わない」

「そうですか……残念です」

過去を思い出し背筋を震わせながら断る。

店員は残念そうにしながらも無理強《じ》いはしない。

そのまま研ぎだけを頼んでその日は店を後にした。

†

「あれ、あの人買わなかったの？」

両剣を片付ける店員に職人の一人が声をかけた。

「はい、残念ながら。こちら、研ぎを頼まれたのでお願いします」

「はいよ。……なんだこれ、本当にただの鉄製だ。勿体ないなあ、あんなにいい腕してるのに」

「ガントさんもそう思われますか？」

ガントと呼ばれた職人は髭《ひげ》をモサつかせた。

「両剣をあんなふうに使えてる奴は今まで見たことないね。大抵が演舞用の見せかけ剣術さ。あの兄ちゃんのものとは完全に真逆だよ。ありゃあ相当場数を踏んでるね」

少し気難しいところのあるこの職人がここまで言うとは珍しい。

「ローンも勧めたんですが、青い顔して逃げられちゃいました」

「はっは！　そりゃそうだ！」

ガントはカッカッカと笑う。

それに合わせて微笑んでいた店員がスッと真顔になる。

「ガントさん。実際どのくらいまで値下げできますか？」

「うーん……最近は蒼双兜の数が減ってるから、あんまり下げたくないんだけど……」

「あれが名剣であることは私も分かっています。ですが店である以上、いつまでも売れない品を抱えているわけにはいかないんですよ」

「うん、まあ、そうなんだけど……」

至極もっともな言い分にガントは言葉に詰まる。

「多少利益を無視してでも、ふさわしい人間に使ってもらえるのは職人冥利に尽きるのでは？」

「やり甲斐じゃお腹は膨れないから……」

「ガントさん」

「……八十」

「ご冗談を」

店員の圧に負けて値下げ交渉が始まる。

「七十五」

無言で首を振る。

「七十！」

「あれを作ってから何年経ちますっけ？」

「…………六十五！　これ以上はホント無理！」

「はい、交渉成立ですね」

このあたりが落としどころかと店員はそれで手を打つ。

しょんぼりしているガントをあえて無視する。

「さて、あとはあちら次第なんですけど……」

いかに値引き交渉したところで、向こうに買う意思がなければ意味がない。

「感触は悪くなかったはず。しかし向こうの懐具合が分からないと何とも言えませんね。多分

三、四十万くらいだと思うんですけど……」
やっと見つけた、長年売れていない在庫を買ってくれるかも知れない客だ。

なんとかここで売ってしまいたい。

「腕のいいお客様と懇意にすれば見返りも大きいですからね」

善意などではなく。

彼女は彼女で、自分のために動くのであった。

†

「良かったんですか？　何も買わなくて」

手ぶらのジグにシアーシャが聞く。

「いい物はあったんだが、持ち合わせが足りなくてな」

少し惜しいことをしてしまったかもしれない。

しかし武器を買って一文なしというわけにもいかない。

武器はあくまで商売道具で、稼ぐために買うものだ。

「そのうち金が貯まったら買うさ」

「ジグさんも私も、当面は金策ですね。そのためにまず等級を上げなくちゃいけないんですけど」

「結局そこに行きつくわけか」

こうなるとシアーシャではないが、休日が煩《わずら》わしく感じてしまう。

「いかんいかん。休みを楽しめんようになっては人間終わりだ」

「？」

かぶりを振ってその考えを追い出す。

「そういえば、素材の持ち込みなんてこともできるらしいですよ」

「持ち込み？」

「自分で倒した魔獣の素材を持ち込んで、武具を作ってもらうんですよ。技術料と手間賃で済むので本来の価格より安く済むみたいですよ」

「田舎の町食堂みたいなことをしているな……」

しかし安く済むのは魅力的だ。

これと思った魔獣の牙なり爪なりを手に入れて持っていけば作ってもらえるのなら、自分の理想とするような武器を作ることも可能だろう。

「ただ一つ問題が」

「問題？」

「職人との繋ぎが必要なんですよ。作ってもらいたい人間と、作れる人間のつり合いが取れていないので、そうポンポンと特注依頼なんて受けていられないらしいです。優先的に作ってもらうには、個人的な繋がりがあるかお金を積むかする必要があるらしいです」

「そうそううまい話はないか」

遥か海の向こうからやってきたというのに、繋がりなどこの地にあるはずもない。

金を安く済ませたいのに金を積むなど本末転倒もいいところだ。

「地道にやるのが一番か……」

「世の中上手くできてますね」

世間の厳しさを痛感しつつ二人は宿に戻った。

（三章）

白《はく》雷《らい》の姫

ジグの朝は早い。
目を覚ますと顔を洗い、身支度を整えストレッチを始める。
部屋の中で時間をかけてゆっくりと柔軟をする。
戦う人間にとって柔軟性は重要だ。
可動域が広くなり、対応できる範囲が増えて怪我もしにくくなる。
しかし柔軟は辛く地味で、面白味のない訓練のために怠るものは多い。
体力や筋力などと違って目立った効果が出にくいせいもあるだろう。
ジグとて嫌いな訓練だ。
だが、これをやるのとやらないのとでは、体のキレが全然違うのだ。
怠ると痛い目を見るのは自分だと、誰もが分かっていてもついつい手を抜いてしまう。
そんな訓練でも続けられるのは、ある意味、才能と言えるだろう。
十分に体をほぐした後は走り込みだ。

WITCH
AND
MERCENARY

武器を背負い、人一人ほどの重しを背負って街の外周を回る。
戦場では歩けなくなったものから死んでいく。
怪我、体力、気力。
要因は様々だが、機動力を失ったものの結末は等しく死だ。
敵の背後を衝くため山中を延々と歩く。
補給物資を届けるために荷物をひたすらに運ぶ。
時には動けなくなった仲間を背負って下がることもある。
戦争とは、歩くことだと言われる程だ。
昔からの習慣として、自らを救う生命線としてジグは走る。

宿に戻ると井戸の水で汗を流す。
部屋に戻るとちょうど日が昇り始めた。
シアーシャを起こしに隣の部屋に入る。
遅くまで本を読んでいたのか、布団をかき抱くように寝ている。
薄い肌着だけを着て、白い肩や足がほとんどむき出しだ。
長く艶やかな黒髪がベッドに広がっている。
ジグはその光景から焦点をそらして彼女を起こす。

「朝だ、起きろ」

「っぁぇう……」

頬をペチペチと叩く。

うにょうにょと何事かしゃべっているが聞こえないのでスルー。

洗面器に水を汲んで来ると手拭《てぬぐい》を濡らして顔にかける。

「ぴゃ」

意識が覚醒したシアーシャが飛び起きる。

しばしこちらをボーッと眺める。

「おはよう」

「……おはようございます」

「準備ができたら声をかけてくれ」

「あぃ」

まだ半分寝ている彼女を置いて部屋に戻る。

シアーシャは寝起きは悪いが眠気を引きずらないタイプだ。

一度起きてしまえばすぐに再起動する。

自分の準備を済ませて待つことしばし。

「お待たせしました」

身だしなみを整えいつもの彼女が顔を出す。

先ほどの眠気など微塵も感じさせないシャッキリした姿だ。

「行くか」

「はい」

二人連れ立って宿を出る。

人通りが増えてきた中で、肉体労働の男たちが並ぶいつもの露店に向かう。

大通りに面した店で今日もいい匂いをさせていた。

「今日はミートパイが残ってました！」

「よかったな」

途中、露店で朝食を買って歩きながら食べる。

これが彼らの朝の日常だった。

†

「討伐隊、ですか？」

いつものように賑わうギルド。

いつもの受付嬢に依頼書を持っていくとそんな話をされた。

「はい。シアーシャさんなら問題ないと、上の人間も判断されました」

先日言っていた便宜というやつだろうか。

それにしても動きの速いことだ。

「何なんです？　討伐隊って」

「特定魔獣討伐隊。ある周期で爆発的に増える魔獣への対処を目的とした、冒険者の混合部隊です」

魔獣の繁殖にはいくつか種類がある。

大別すると巣を作って継続的に群れを作るコロニー型。

発情期など子育てのシーズンに一気に増えるブリーディング型がある。

コロニー型は、定期的に討伐依頼が出ているので急激に増えるということはない。

問題はブリーディング型だ。

繁殖力の低い魔獣ならば問題はないが、中にはとんでもない数を生み出す種もいる。

単体が弱く、数を生むことで種を繁栄させようとする魔獣はこの傾向が強い。

「そういった魔獣を間引くためのギルドからの要請依頼です。性質上、広範囲の殲滅が可能な魔術師が適任です。なのでこの時期になると優秀な魔術師には、ギルドから声がかかるのですよ」

「魔術師だけでは接近された時に危険じゃありませんか？」

「大抵はパーティーメンバーの剣士も参加するので、そこまで問題にはなりません。楽な分、報酬は低いですが」

魔術師が大量に集まって絨毯《じゅうたん》爆撃をするなら、剣士に出る幕はないだろう。

たまにこぼれた連中を始末するだけで、報酬がもらえるのだから気楽なものだ。

依頼自体も簡単で危険もないものだから、報酬もはっきり言って少ない。

「この要請依頼の利点は、評価値への加点が大きいことです。ギルド主導のため、あまり大きな額を払えない埋め合わせのようなものですね」

「やります！」

だが、ジグたちにとってその評価値こそ今最も欲しいものだった。

渡りに船の依頼に一も二もなく飛びつく。

「本来は七等級からの依頼ですが、先日の功績も加味してシアーシャさんにはギルドから特別に許可が下りました」

「ありがたいですけど、いいんですか？　そんなに簡単に特例作っちゃって」

規則というものは簡単に破れないからこそ意味がある。

実力があるから特例などというのがまかり通るなら、強者の独裁が始まるだろう。

「ご心配なく。これが通用するのは初めのうちだけですから」

どういう意味だろう。

意図が読めずにシアーシャが首をかしげた。

「深くは聞きませんが、お二人は戦闘経験自体は豊富ですよね？」

「……ええ、まあ」

「そういう方って実はちょくちょくいるんです。元は騎士だったとか、住んでいた田舎にギルドがなく、登録こそしていないけど魔獣討伐経験はあったりとか。その手の、形だけ初心者の方がいつまでも下の等級にいられると、お互いにとって良くありませんからね」

「確かに」

「その方にふさわしい等級がついていないと、ギルドの信用にも関わります。なのでそういった方は、七等級までは早めに上げてしまうんです」

ギルドも様々な人間に対応するため色々考えているようだ。

参加を決めると書類を渡される。

「それに必要事項を記入して明日中に提出してください。出発は三日後の朝。現地で二日野営するので準備をしっかりとして来てくださいね。食事はある程度ギルド側でも用意しますが、潤沢ではないので最低限のものは用意してください」

その後もしばらく説明を受けた。

説明が終わると今日の仕事に取り掛かる。

転移石で森に移動し、刃蜂の巣方面に向かう。

巣を通り過ぎる際に見ると、今日も刃蜂を狩る冒険者でごった返していた。

さらに進み、先日、岩蟲と遭遇した近くまで来た。

「また会えないかと思ったんですけど、流石にそう上手くはいきませんね」

「この辺りじゃあまり見ないやつなんだろ？」

「はい。あれクラスの魔獣がしょっちゅういたら、七等級程度じゃ立ち入り許可が降りませんよ」

岩蟲は七等級の中でも上位の力を持つようだ。

この前、出合ったのは運が良かった。

適正等級の冒険者なら運が悪かったというべきか。

「今日は飛烏賊を狩ります。どうやら彼らには、私たちはおいしい餌に見えるみたいですから」

人数が多いとなかなか出合えない魔獣にも、少数なら遭遇する機会が多い。

数が少ないのも意外と悪くない。

「そのようだな。――早速来たぞ」

少し前から並走するように飛烏賊が三匹。

彼らはシアーシャたちがおいしい餌に見えているようだが、自分たちもそう思われているとは思うまい。

「討伐証明には口吻と消化液袋だけでいいので、今回は身の部分は持って帰りましょう。この前行った食事屋に持ち込みの話をつけておきました」

「……いつの間に」

シアーシャは欲が絡むとかなり積極的なようだ。

意外なコミュニケーション能力に驚きつつ、魔獣を迎え撃つべく構えた。

†

依頼をこなした次の日。

ジグは一人で街を散策していた。

何か明確な目的があるわけではなく、場当たり的に行ったことのない場所をうろつく。

「お」

怪しげな店を見つけた。

路地裏の端の方にある個人でやっている小さな店だ。

薬品や植物を扱っているのだろうか。

薄暗く、よく見なければ店とすら分からない。

「なかなか、そそるな」

ジグはその怪しげな店に足を向けた。

†

「休み、ですか？」

依頼をこなした晩。

飛鳥賊の身を持ち込んで料理を待つ間にジグが持ち出した話に、シアーシャが首をかしげる。

「ああ。野営して討伐となると準備しなきゃいけないものも多いし、緊張状態での睡眠は思った以上に休まらないものだ。ゆっくりと休んで備えた方がいい」

「むぅ……いえ、我慢しましょう。ちょうど私もやりたいことがあったので」

不満そうな顔をしたが、必要なことと飲み込んでくれたようだ。

そこに料理が運ばれてくる。

「おー待ってました」

湯気を立てた飛鳥賊のエンペラステーキだ。

程よく焦げ目のついた白い身に赤いソースがよく映える。

「ずいぶん生きのいい奴を持ってきたねえ。保存方法も文句なしだったぜ」

「マスターに聞いたとおりにやっただけですよ」

どうやらこの男は店員ではなく店長のようだ。

浅黒い肌に坊主頭、鍛えられた体は並の冒険者顔負けだ。

「このソースは何です？」

「トマトチリソースだ。炒めたニンニクを玉葱とトマトでじっくり煮詰めた絶品だぜ？」

二人は料理の話で盛り上がっている。

聞いているだけで実にうまそうだ。

「色々語りたいが、まずは食べてみてくれ」

「ああ、冷めるのはもったいない」

「いただきます」

ナイフで切り分け口に運ぶ。

濃厚な身の旨味とソースの酸味がよく絡んでいる。

主張しすぎない辛味とニンニクの香りが食欲をそそる。

「……美味《うま》い」

「マスター、これすごくおいしいですよ」

「まあな」

惜しみない賛辞にまんざらでもない顔をする店長。

二人はその後ただ黙々と料理を平らげた。

「そういえば、ジグさんはどうするんですか？」

食後のお茶を飲みながらゆっくりしていると、シアーシャが聞いてくる。

「この街を散策してこようかと思っている。長くいることになりそうだからな。一通りの情報は仕入れておきたい」

「むむ、それも面白そうですね……ああ、でもやらなきゃいけないことが……」

悩ましいとコップのふちを噛む。

「面白いところがあったらまた休日にでも案内するさ」

「ほんとですか？　じゃあそれを楽しみにしてます」

†

「これはまた、過激なものを」

そんなやり取りがあった次の日。

ジグはさっそく怪しげな店に入って物色していた。

見立て通り薬品関係の店だったようだ。

しかし医薬品ではなく、もっと危険度の高いものだ。

睡眠薬や毒薬、果ては媚薬など一般的な薬とは程遠い品ばかり扱っているようだ。

「おそらく、いや間違いなく認可など下りてはいないだろうな」

店を歩きながらつぶやく。

煙草のようなものもあるが、手に取って嗅いでみると妙に甘い匂いがする。

麻薬の類だろう。

「大陸が違ってもこういうのは変わらないんだな」

人が多く集まる場所には必ずこういったものが出てくる。

人が集まれば金が集まり、金が集まればそれを求めて裏の人間たちが集まる。

風が吹けば桶屋が儲かるのと同じで自然の摂理とも言っていい。

この手の場所は一般人にとって迷惑極まりないが、うまく付き合えば中々に便利なのだ。

ジグはやる気のないふりをして、こちらの様子を窺う店員に近づいた。

「この辺りの顔役は誰だ？」

カウンターに銀貨を一枚置いて尋ねた。

店員はそれにには手を付けずにジグを値踏みするように見る。

「……お客さん、うちはしがない薬屋なんだ。買わないなら帰ってくれ」

「仕入れはどこでやってるんだ？」

「企業秘密だ。帰ってくれ」

「……そうか、邪魔したな。これは迷惑料だ」

ジグは銀貨をそのままに潔く引き下がった。

†

男が店を出ていくのを確認すると、店員は銀貨をポケットに入れ鍵をかけて裏口から店を出る。

「…………」


周囲を気にしつつ足早に路地裏を歩いていく。

何度か道を曲がったり、神経質に後ろを確認しながら進む。

目的地は小さな家だ。

薄汚れてはいるが、人が住んでいるようで埃だらけではない。

男はドアを特定のリズムで叩く。

扉が開き中に入ると三人の男がいた。

三人が三人とも剣呑な雰囲気を出している。

そのうちのリーダーと思われる男が立ち上がる。

「何の用だ。ここへはあまり来るんじゃねえっつってんだろ。……後ろのそいつは誰だ？」

「アンガスさん、妙な男がうちの店を探りに……え？」

トントンと、肩を叩かれた。

店員が振り返ると、そこには先ほどの男がいた。

「案内御苦労」

「ひぃぃああ!!」

あまりの驚きに店員はひっくり返って後ずさる。

後ろの男がたちが色めき立つ。

「間抜けが、つけられやがったな!!」

腰のダガーナイフを抜き放ち臨戦態勢に移る。

しかしジグは落ち着いたまま両手を上げて、危害を加える意図がないことをアピールする。

「まあまあ、争いに来たわけじゃないんだ。取引をしたい」

「どういうことだ？　てめえ何もんだ？」

男は戦闘態勢を解かぬままに、こちらの意図を探っている。

後ろの男二人はいつでも飛びかかれるように、ゆっくりとこちらの背後に回っていた。

「俺は傭兵だ。どちらかと言えばそちら側だな」

「また傭兵か。確かに、憲兵には見えねえが……その傭兵さんが、何の用だってんだ？」

男が言った〝また〟という言葉にジグは少し反応したが、今はほかに聞くことがあるので後回しにする。

「情報が欲しい」

ジグはゆっくりと、見えるように懐に手を入れる。

わずかに男たちの緊張が高まる中、出した手には袋が載っていた。

軽く揺らしてみせる。

金貨同士がこすれあう音がした。

「投げるぞ」

断ってから袋を男に放る。

男はナイフを構えたままそれを受け取ると中を確認する。

小さな袋だがぎっしりと詰まった金貨に思わず顔がほころんだ。

ナイフを仕舞うと手下の男たちに指示をする。

「てめえら、お客様だ。丁重にもてなせ。お前は戻れ」

声色次第では始末しろというようにも聞こえるが、今回は言葉通りの意味のようだ。

男二人は臨戦態勢を解き店員が慌てながら店に戻る。

用意された椅子に座ると向かいにリーダー格の男が来る。

自分の欲望に正直なのか、切り替えが早いのか。

既にジグを商売相手として動いていた。

「俺はアンガス。それで、どんな情報が聞きたいんだ？」

「ジグだ。この街の主だった勢力と縄張り、傾向が知りたい」

「はぁん？　あんたこの街初めてか」

随分基本的なことを聞いたようで、アンガスが怪訝そうな顔になる。

「ああ。最近来たばかりでな」

「正直これくらいの情報なら表でも手に入るんだが……まあいい」

アンガスは煙草に火をつけると煙を吐き出した。

紫煙をくゆらせながら語り始める。

「この街で知らなきゃいけねえのは三つだけだ。北のバザルタ・ファミリー、南のカンタレラ・ファミリー……俺はここのもんだ。……最後に東のジィンスゥ・ヤ」

「……最後だけ、毛色が違うな」

聞いたことのない言葉だ。

「追々説明する。うちとバザルタは……言っちまえばオーソドックスなマフィアだ。薬売ったり風俗のケツモチ、賭博運営、魔具の密輸その他諸々。縄張りこそ違うが、やってることは大体同じだな。バザルタのとことは小競り合いはしょっちゅうだが、本格的な抗争はもう長いこと起きてねえ」

マフィアのやることはどこでもそう大差はないようだ。

やはり気になるのは……。

「ジィンスゥ・ヤなんだがな、……正直よく分かってねえ」

「おいおい」

ここまで勿体付けてそれはないだろうと視線で文句を言う。

アンガスは少しばつが悪そうにしながら口ごもる。

「……あいつらは得体が知れねえんだよ。もとは移民で二十年くらい前に急に現れたらしいが、東から来た以外誰も知らねえ。突然現れて当時バザルタ・ファミリーの縄張りだった東区を乗っ取っちまったんだ」

「抵抗しなかったのか？」

「したに決まってんだろ。他所もんに縄張り荒らされて黙っているほど、バザルタはボケちゃいねえ。……だが結果的に、明け渡すことになった」

マフィアは執念深い。

舐められたならば徹底的に報復をするため、傭兵たちですら迂闊には手を出さない。

直接戦闘になれば相手にならないが、常日頃誰かから狙われているというのは、非常にストレスになる。

街に根付いたマフィアというのは想像以上に厄介だ。

そのマフィアから縄張りを分捕って、今ものうのうとしているということは――。

「強いのか。そいつら」

「……言いたかねえが、強い。うちの幹部クラスがゴロゴロいやがる。数は多くねえから、本気でやりあえば負けることはないと思うが……こっちもそこまで捨て身にはなれねえ」

武力でマフィアを押しとどめているとすれば相当なものだ。

警戒する必要がありそうだ。

「あいつらは組織立って行動することはあまりないんだ。どいつもこいつも自由にやってやがる。そのせいでちょくちょく揉めてんだ」

頭を掻きながら忌々しそうにしている。

相当頭にきているのだろう。

苛立ちを吐き出しながら続ける。

「…………中でもとびきりやべえのがいるんだが、そいつらに出会ったら真っ先に逃げた方がいいぜ」

「ヤバい奴ら？」

「ああ。ジィンスゥ・ヤの幹部格なんだろうがな、とんでもなく強い。あいつら一人いれば、うちの幹部とその下の構成員まとめて相手ができるくらいだ」

「ほう」

相当な練度のようだ。

危険な相手らしいので気をつけるとしよう。

「俺が持ってる情報はそれぐらいだな。もらった金額からすると、ちとしょっぺえが」

「十分だ。助かる」

「しかし、あんたといい最近妙に傭兵と縁があるな」

「そういえば、さっきもまたと言っていたな。このあたりの傭兵はごろつきと大差ないと聞いていたが」

ジグの問いにアンガスが腕を組んで唸る。

「あー……いわれてみれば、あんたにちょっと雰囲気が似ていたかもしれねえな。確かにこのあたりで見る傭兵とは違ったよ」

「……そうか」

話が終わると二人は席を立つ。

見送るのか監視のためか、外までついてくるアンガスたち。

「世話になった。また頼む」

「こっちも上客ができるのは歓迎だ。薬もやってるが、どうする？」

「今はいい。手持ちがあるんでな……っ！」

やり取りの途中。

ジグは何かに気づくと武器に手を置き路地の奥を見る。

「おいおい、どうしたんだよ」

アンガスの問いには答えずに路地を見据える。

「……覗き見とは趣味が悪いな」

誰もいない路地に向かって語り掛ける。

その言葉の意味を悟ってアンガスが厳しい表情をする。


「あれ、この距離でもバレちゃうの？」


誰もいないと思われた路地。

そこにふと、気配が生まれた。

影から姿を見せたのは一人の女だ。

二十代半ばくらいだろうか。

真っ白な髪を背中の中ほどまでに伸ばしている。

整った容貌をしているが、それに見惚れるより好戦的な表情に怯みさえ覚える。

以前にも見たことがある笹穂のような耳だ。

この辺りでは見たことのない、ゆったりとした民族衣装らしきものを着ている。

ジグが気を引かれたのはその武器だ。

腰に佩《は》いた細身の長剣。

柄をこちらに向けているので刀身は分からないが、長さは長剣以上にありそうだ。

「…………っ！　こいつだ、こいつがジィンスゥ・ヤだ！」

「あいつが……」

なるほど、移民というのも頷ける風貌だ。

そして、戦闘能力の高さも聞いていた通りのようだ。

一見腰の得物に片手を置いてだらりと立っているように見えるが、間違いなく実力者だ。

「てめえ、盗み見してやがったな！　きたねえマネしやがって！」

アンガスが吠えるが白髪《はくはつ》の女はどこ吹く風だ。

「君たちに汚い真似呼ばわりされるのは心外だなあ。……それに正しくは、盗み聞きだね」

女は長い耳を動かして見せる。

アンガスから視線を外しこちらに目を向けた。

「本当は直接見たかったんだけど、あれ以上近づくと、そっちのお兄さんにバレちゃいそうだったからね。…………結局気づかれちゃったけど。――お兄さん、何者？」

女の目が鋭く細められた。

押し殺していた殺気が噴出する。

その濃密さにアンガスたちが顔を青くする。

「通りすがりの傭兵だ」

「傭兵、ねえ…………冒険者でもマフィアでもない、ただの傭兵？」

「ああ」

ジグの返答に女は笑みを深める。

無差別に放っていた殺気が、こちらに集中するのを感じる。

理由は分からないが、やる気のようだ。

「それってつまり、マフィアと薬物売買の現行犯ってことになるよね？」

「薬物は買っていないんだが」

「でも持ってるでしょ？　聞こえたから」

盗み聞きに気づくのが遅れたのはまずかったようだ。

部屋でのやり取りは聞こえていなかったのが幸いだ。

「大義名分は十分。組織に所属しているわけじゃないなら……殺しちゃっても誰にも怒られないよね？」

女が確認したかったのは報復があるかどうかのようだ。

ないと分かった以上遠慮はいらないということだ。

「…………おい、悪いが」

「ああ。付き合えとは言わん。適当に逃げてくれ」

「すまんな。……あいつも表じゃ無茶はできないはずだ。表通りまで逃げきれば何とかなるかもしれん」

そう言ってアンガスたちは退いていった。

邪魔者がいなくなったところでいよいよ女が構える。

ゆらりと腰を落とし、しかし武器は抜かぬまま柄に手を置いている。

「あんな小物追っかけるなんて面倒な仕事だと思ったけど、思わぬ収穫があったものね。……楽しめそう」

「仕事以外での無益な戦闘は避けたいんだが」

「私の仕事だから、諦めてね？　それに楽しいから無益じゃないのよ」

何を言っても無駄のようだ。

ジグは覚悟を決めて、いつものように武器を抜く。

†

強烈な殺気とは裏腹に白髪女の行動は慎重だった。

二人はお互いの出方を見るようにジリジリと横に動く。

こいつ、対人慣れしている。

刀身の長さを測らせぬように柄頭を向け続け、こちらの間合いをよく観察している。

相手もこちらが対人慣れしていることに気づいたのだろう。
言葉はないままに笑みだけが深くなる。
先に動いたのはジグだった。
「ふっ！」
距離を詰めて袈裟《けさ》に斬りつける。
白髪女はその速度に驚かず冷静に体を反らして回避。
体を回転させて振るわれる逆の刃を、一歩下がることで範囲外に。
さらに攻撃を重ねようとするジグへ反撃に出た。
「シッ！」
音もなく鞘から抜き放たれた一閃。
凄まじい速度で迫るそれを双刃剣で合わせるように弾く。
響き渡る金属音。
下がったのは、ジグの方だった。
バックステップして距離を置く。
「……あれに合わせてくるとはね」
抜いた剣をだらりと下げて白髪女が言う。
相手の武器を見る。

「私たちの国の武器で刀って言うんだ」

美しい武器だった。

細い刀身は片刃で緩く曲線を描いている。

鏡のように磨かれた刀身は鋭く、妖しい魅力さえ感じるほどだ。

「……抜き打ちか」

「私のところでは抜刀術って言うんだけどね。初めてだよ。初見で合わせられたのは」

ジグは自分の武器へちらりと視線を向ける。

双刃剣の片方の刃が中程から断ち斬られていた。

業物《わざもの》というほどではないが、頑丈さにおいて並の武器の比ではないはずだった。

それをこうもあっさりと。

「もう一度お見せしたいところだけど、流石にそれは無理そうかな？」

「当然」

悠長に納刀させる暇など与えない。

「でも、裏芸の一つを凌いだぐらいで調子に乗られるのも困るな」

と、正眼に構える白髪女。

切っ先はこちらの視線に向けられており、点としか見えないため刀身が測りにくい。

先ほどの抜き打ちといい、間合いを特に重視する剣術のようだ。

白髪女が動く。

滑るように歩幅の測りにくい歩法で距離を詰める。

そのままの動きでの刺突。

横に動いて回避。

向きを変えてこちらの首を狙った一撃を、あえて避けずに相手の足元を突く。

「くっ！」

今度は白髪女が下がる。

ジグを狙った斬撃は、双刃剣の斬られて半分になった刃で防がれ、反対の刃は白髪女の袴のような民族衣装に突き刺さる。

武器のリーチを活かした攻防一体の妙手。

あの刀とかいう武器は確かに見事な斬れ味だが、その十全な威力を発揮するには刃筋と剣速がキモとジグは見抜いていた。

連撃ではこちらの武器を斬るには重量が足りない。

なればこその抜き打ち。

首をあえて狙わせることで、足狙いならばと相手に欲を出させた。

これが急所狙いならばこうはいかない。

しかし。

「浅いか」
咄嗟に軸をずらされたようだ。
あの地を這うような歩法のおかげだろう。
服で足元が認識しづらいのもあって、そこまでの手傷を負わせられなかった。
「……ふ、ふふ……いいよお兄さん、素敵だよ」
白髪女が陶酔したような顔を魅せる。
再びあの歩法で踏み込んでくる。
息もつかせぬ連撃が振るわれる。
下からの斬り上げ。
一歩下がってスウェイで躱す。
刀を返して上段からの袈裟斬り。
弾いて逸らす。
弾かれた勢いに逆らわずに軸足を中心に体ごと回転させた横薙ぎ。
ここだ。
地に双刃剣を突き立て防ぐと同時、それを支柱に体を持ち上げ、蹴りを叩き込む。
咄嗟に白髪女は左腕を立ててブロックする。
「くあっ！」

しかし体ごと放つジグの蹴りが片手で防ぎきれるはずもない。
嫌な音をさせてガードごと吹き飛ばされる。
咄嗟に後ろに飛ぶことで軽減したのは流石というべきだろう。
地面を転がり距離を取ると即座に立ち上がる。
「いい格好だな」
お世辞にも綺麗とは言えない路地裏。
派手に転がったせいで服が見るも無残に汚れていた。
「…………ほんと、想像以上に楽しませてくれるね」
「……元気だな」
威力を多少殺されたが手応えはあったはずだ。
軽いダメージではないはずだが……。
ふと、甘い匂いに気づく。
そういえば、この女は魔術をまだ使っていなかったな。
以前も嗅いだことがある。
たしかこの香りは回復術のはずだ。
打撲程度では痛手にならない。
やはり意識を断つか致命傷を与えるしかないようだ。

完治したのか調子を確かめるように左腕を振っている。

「これを使うのはいつぶりかな」

しかし妙だ。

回復は済んだはずなのに甘い香りが強くなる。

刺激すら伴う甘い香りに無性に危機感を掻き立てられる。

「でも使うにふさわしい相手だし、遠慮はいらないよね」

――これは。

「冥土《めいど》の土産《みやげ》に見せてあげる」


まずい。


白髪女の体から光が迸《ほとばし》る。

翡翠《ひすい》色の光を放つそれが、雷光だと気づいたのは光が収まってからだった。

純白の髪がふわりと浮かび上がっている。

翠《みどり》の瞳が雷光に照らされ恐ろしくも美しく光る。

「――いざ、参る」

いつの間にか収められていた刀に手を置き女が動いた。

そう思った時には間合いが詰められていた。

「…………!!」

驚く声さえ上げる間がない。

既に相手の間合い。

放たれる一閃。

先ほどの抜き打ちとはわけが違う。

防御は不可能と判断。

抜き手すら見えない一撃を相手の肩の動き、向きから予測して躱す。

「ぐ……！」

しかしあまりの速度に完全には避けきれない。

回避が間に合わず脇腹を切っ先が抉《えぐ》る。

しかしそれで終わりではない。

一歩踏み込み片手で振り抜いた刀を返し、速度の落ちぬまま袈裟斬り。

それと同時に左手が逆手で鞘を振り上げる。

時間差をつけた左右同時攻撃。

「っおおお！」

「なっ!?」

回避不能の挟撃にジグは下がらずに武器を捨て突っ込んだ。

相手の踏み込みとジグの前進が重なり二人の距離がゼロになる。

刀を振るう持ち手を左手で押さえ、鞘の一撃を右の手甲で受け止める。

鞘を受け止めた手甲が嫌な音を立てた。


鉄拵《ごしら》えか！


電光石火の連撃を止めたことで、束の間、二人の動きが止まる。

「今のを防がれるとはね……!!　でも、武器を捨ててここからどうしようっていうのさ！」

「なに、武器を使っては楽勝すぎると思っただけさ！」

「減らず口を！」

相手の動きを制しようと力を掛け合う。

あの雷光は攻撃に使うのではなく、自己強化術の亜種のようだ。

身体能力の強化、とりわけ瞬発力が爆発的に向上している。

おそらく通常の強化術とはモノが違うのだろう。

純粋な力比べでもジグは徐々に負けつつあった。

「ハッ！」

わずかに押し込まれた一瞬に、女が鞘から手を離した。

ジグは急に押さえるものがなくなりつんのめる。

女の空いた左腕で刀を押さえる手を弾かれる。

隙はできたが、そのまま刀を振るっても近すぎて致命傷にならない。

白髪女は両手が広がってしまったジグに、肩口から体当たりをかました。

たたらを踏んで後ろに下がってしまったジグ。

白髪女は体当たりの姿勢から八相の構え。

「セッ！」

「むん！」

気合とともに心臓を狙い鋭い突きが放たれるが。

ジグは咄嗟に手甲をクロスさせ上へ逸らす。

「ハァ！」

「ぐっ……！」

白髪女が逸らされた刀を勢いよく戻した。

慌てて手を引く。

手甲が真っ二つになって地に落ちた。

引くのが一瞬でも遅ければ腕が落ちていただろう。

両手を少なくない量の血が伝う。

「……なぜ魔術を使わないの？　出し惜しみ？」

「……さて、な」

曖昧にはぐらかす。

実際は使えないだけなのだが、わざわざ教えてやる義理もない。

「そう。なら、奥の手を抱いたまま死んで頂戴」

またしても八相の構え。

上に向いていた刃がこちらに向いた。

ジグはそれから目を離さない。

女が動く。

「……!!」

声すら置き去りにした、先ほどを上回る速度で放たれた神速の突き。

しかしいかに速くとも、刀の間合い以上に届くことはない。

突きである以上、攻撃範囲は点だ。

動いた瞬間にステップで横に躱す。

だが女は躱されたのと同時に制動をかけ二段目の突き。

さらに下がる。

そこでジグは足を跳ね上げる。

宙に浮かぶは手放した双刃剣。

彼は自分が武器を捨てたところまで回避で誘導していた。

白髪女は内心の落胆を隠せなかった。

――まさか、気づいていないとでも？

「がっかりだよ!!」

既に動き出している彼女の刃がジグを貫くのと、ジグが武器を掴んで攻撃に移るのと、どちらが早いかは言うまでもない。

ジグが手を伸ばす。

女が三段目の突きを放つ。

鈍い音が二つ、同時に響く。

「ぬ、ぐ……」

女の刀が、ジグの左肩を貫いた。

肉を突き破り、骨が砕けて血が吹き出る。

そして、ジグの双刃剣が女の顔面に直撃していた。

「か、はっ………」

そのまま白目をむいて倒れ伏す。

ジグは蹴り上げた武器を掴むために手を伸ばしたのではない。

渾身の拳で殴り飛ばし、女の顔面にぶち当てたのだ。

持ち手の部分とは言え重量物をまともに顔面で受けたのだ。

無事なはずはなく、生きているのは女が頑丈だったためだ。

「………はあ」

座り込みたい気持ちを抑えて肩に刺さった刀を抜く。

止血と応急手当を済ませると。

女の武器を奪い、縛り付けて無力化する。

「強い………」

彼の経験の中でも五指に入る強さだった。

あの雷光のような術を使われてからは相当な苦戦だった。

相手の攻撃をまともに防御もできないのはかなりの難題だ。

「武器も斬られてしまったしな」

金もないのに出費ばかりが嵩《かさ》んでいく現実に涙が出そうだ。

「これほどの強敵を相手取って報酬なしとは……まあいい。とりあえず殺そう……」

この女は危険だ。

こいつの技ならシアーシャに届くかもしれない。

危険人物は早めに処理しておくに限る。

アンガスたちにとって都合が良いだろうし、他に目撃者もいない今ならば後腐れなく殺せる。

「……その前に身ぐるみを剥ごう」

治療費、武器の費用諸々を少しでも補填しなければ。

そう思い女の懐を漁る。

財布を見つけ中身を漁っていると、女の首から何かが下がっているのが見えた。

その形状に見覚えがあった。

……ここ最近よく見ているもののような。

とても嫌な予感がする。

見なかったことにしたい思いを振り払いそのカードを外して見る。

「……おい、ふざけるなよ」


冒険者二等級。

イサナ＝ゲイホーン。

「……クソ、どうする?」

高位の冒険者が死ねば、その死因は徹底的に調べられるだろう。

万が一にでもジグのことを嗅ぎつけられるわけにはいかない。

「そういえば、仕事と言っていたな」

マフィアの捜査までやっているとは冒険者も手広い。

「マフィアの仕業に見せかければ行けるか……?」

いや、無理だろう。

アレがマフィアに倒せるとは思えない。

仮に倒せたとしても、数で押しつぶすような大規模戦闘になる。

それだけの騒ぎにはなっていない。

それに捜査がマフィアにまで及べば、アンガスたちは迷わずジグを切るだろう。

あれこれ考えていると肩口の傷が主張し始めた。

「……痛みで考えがまとまらん」

ジグは荷物から丸薬のようなものを取り出すと噛み潰した。

苦味と臭みのある独特の味が口内に広がる。

痛みを鈍くする薬だ。

傭兵は戦闘中に手傷を負っても満足に処置できないことが多い。

そのため痛みをあえて鈍くさせることで、戦闘継続するための薬物を持つのが常套手段だった。

他にも眠気を飛ばして寝ずの戦闘を続けるための薬、感覚を鋭くすることで集中力を増加させる薬などがある。

いずれも劇薬で用法用量を誤れば後遺症が起き、高頻度で使い続けると廃人にすらなる恐れのある薬だ。

「こちらでも手に入りそうなのは何よりだが、まさか所持すら禁止されているとはな……」

あちらの大陸では製造・密売こそ禁止だが、国の認可を受けた店でなら普通に手に入るものだった。

これのせいで、この女に戦闘の口実を与えてしまったというのは、いかんともしがたい。

薬が効いてきた。

徐々に鈍くなる痛みを確認すると女の処遇を改めて考える。

「冒険者である以上、この場だけ凌《しの》いでもいずれは鉢合わせる。さりとて殺してしまうわけにもいかない……となれば残された手段は説得か。……説得、コレを……?」

見るからに戦闘狂。

おまけにあのジィンスゥ・ヤ。

「……厳しいが、他に手はないか」

腹を決めたジグは、女を布で包むと担ぎ上げた。

†

トントン。

「はい、どちら様ですか？」

シアーシャが魔術の教本を広げてあれこれやっているところに、部屋がノックされる。

「俺だ、今いいか？」

「ジグさん？　今開けます」

はて、彼は今日一日情報を仕入れてくるとの話だったが。

予定より早く済んだのか、予定外のことがあったのか。

彼の方から訪ねてくるのは珍しいと思いながら扉に向かう。

扉を開けると肩口が真っ赤に染まったジグがいた。

「ジグさん!?　どうしたんですか！」

「……色々あってな。すまんが、治療を頼めるか？」

「ベッドに座ってください、すぐに始めます」

血まみれの彼に顔色を変えたのは一瞬。

すぐに教本等を片付けて治療の準備にかかる。

途中、彼が肩から下ろした荷物に目を引かれるも、今は治療が優先と判断、聞きたいこと全てを飲み込む。

服を脱ぐのにも難儀している彼を手伝い、上半身を脱がせる。

「これは……」

脇や腕も斬られているが、一番ひどいのは肩だ。

おそらく骨にまで達している。

止血した布が真っ赤だ。

きれいな布を水で濡らして傷口を拭く。

幸い傷口に異物や汚れはない。

術を組むと患部に当てる。

荒かった彼の息がわずかに和らぐ。

しかし声をかけるのは後にして術に集中。

そのまま数分。

とりあえず表面の傷がふさがり血が止まった。

だが内部はまだ時間がかかる。

だがそれは後回しだ。

「腕を。先に血を止めます」

服を見るにかなりの血を流している。

先に出血を止めて体力を失わせないようにするのが先決だ。

両腕と脇の傷にも術をかける。

両方の傷が塞がったところで肩を触る。

鋭い刃物で貫かれたようだ。

ズタズタになっているわけではないが、骨が割れている。

「肉の傷と違って骨はすぐには戻りません。しばらく術をかけ続ける必要があります」

回復術は攻撃術に比べて魔力の消費が激しい。

連続してかけ続けるのは熟練の術師でも難しいため、重傷を魔術で治す時は何人かでローテーションして行った後に通常の治療を施すのが普通だ。

こうして一人でかけ続けられるのは魔女の強大な魔力あってこそだ。

「で、何があったんですか？」

肩に術をかけ直しながらシアーシャが問う。

「そこの女に襲われた」

先程から気になっていた人物に視線を移す。

簀《す》巻《ま》きにされて顔だけ出ている女。

端整な顔には見るも無残な横に引かれた青痣《あおあざ》。

「この女一人ですか？」

「ああ」

驚きだ。

かの傭兵は、こと近接戦闘においては化物といってもいい域に達している。

その彼にここまでの刀傷を負わせるとは。

しかしおかしい。

彼は容赦などするタイプではない。

襲ってきた相手を殺さずに捕らえるなど、らしくない。

「なぜ殺さないんです？」

彼はその問いに答えず深い溜息をつくとカードを一枚手渡してくる。

彼女は馴染みのあるそれに目を通すと驚く。

「冒険者………二等級!?」

雲の上の存在だ。

先輩冒険者から、三等級以上は超人に片足を突っ込んだ人間ばかりとは聞いていたが。

しかし納得がいった。

彼がこの女を殺さなかったのは自分のためだ。

冒険者で生きていくと決めた自分と関係のある彼が、高位の冒険者を手に掛けたなど万が一にも知られるわけには行かない。

「すまん、迂闊だった」

ジグがこの女に戦闘の口実を与えなければ、このような事態になることもなかった。

彼は自らの非に頭を下げる。

シアーシャは彼に頭を下げさせてしまったことに、慌てながらも内心を抑えて平静に努める。

「気にしないでください。ジグさんは良くしてくれています。……それより今はこの女のことを考えなければいけませんね」

「ああ……起きているんだろう。何か言いたいことはあるか？」

シアーシャが見ると、女はいつの間にか目を開けていた。

「……まだ、生きているんだね。つぅー顔が痛い……」

顔を押さえようとして、自分が縛られていることを思い出し顔だけを歪める。

痛みにこらえつつも聞きたいことはあるようで、ジグとシアーシャを見る。

「殺さなかったんだ？　言っておくけど、ジィンスゥ・ヤへの人質として使われるぐらいなら舌を噛むよ。私の首を手土産に、バザルタかカンタレラに取り入るくらいにしときなよ」

「……この女は何を言ってるんです？」

マフィアの勢力争いや移民集団のことを知らないシアーシャが首をかしげている。

そのことも話さなくてはいけない。

説明することが多くて何から話したものか。

†

白髪女……イサナ＝ゲイホーンは顔にこそ出さないが、今の状況が分からずに混乱していた。

目の前の美しい女からは、裏の人間特有の卑屈な色がない。

裏の人間には自分の居場所がないことへのコンプレックスや、表の人間への嫉妬がどこかしら残っている。

自分がそうだから同類はよく分かる。

似た匂いはするが彼女からはそれを感じない。

まるで、もう自分の居場所を見つけたような顔をしている。

それにあの男。

傭兵と言っていたか。

恐ろしく腕の立つあの男は、本当にマフィアの関係者なのだろうか。

あの殺気。

あの戦闘技術。

とてもではないが、マフィアに御せる人間には見えない。

マフィアが可愛く見えるほどのむせ返るような血の匂い。

「……何から話したものかな。おいお前……ゲイフォン？」

「ゲイホーン。イサナ＝ゲイホーン」

「そうゲイホーン。お前、命はどれくらい惜しい？」

「どれくらいって……」

おかしなことを聞く男だ。

惜しくない人間などいるのだろうか。

「命を見逃してもらえるなら、どの程度まで犯罪を許容できる？　具体的には、薬物の所持程度なら」

「は？」

話が見えない。

命を助けるから薬物の所持を見逃せと？

「取引になっていないと思うんだけど……殺せば早くない？」

男はしばし悩むようにする。

やがて意を決したように話し始めた。

「彼女……俺の依頼主なんだがな。冒険者だ」

「え？」

肩の治療をしている女性を指して男が言う。

女性は交渉を任せているのか成り行きを見守るだけだ。

「俺は護衛を頼まれているんだが、依頼にも同行している。俺が憲兵の厄介になるわけにはいかんのだ」

「え、じゃあなんで今日……」

マフィアと取引などしていたのか。

こちらの言いたいことを理解したのだろう。

男が事情を説明する。

「俺たちは随分遠いところからやってきてな。文化や習慣がまるで違う土地で暮らすには情報がいる。冒険者なんて荒事をする以上、裏の事情もまるで無視というわけには行かん」

「……つまり」

私はそんな相手を犯罪者と断じて襲いかかったというわけか。

確かに薬物所持は犯罪だ。

だが即斬り捨てていい程の重罪でもない。

あの時はマフィアに取り入ろうとしているかと思い、また武人として強者と死合いたいという面を優先してしまったが、もしかしなくてもやりすぎていたのだろうか……。

男はこちらの内心を勘違いしたまま話す。

「そうだ。つまり、薬物所持のことを黙っていてくれるならば、今回のことは水に流してもいいかと思っている」

「ジグさん！　大怪我させられて水に流すで済ませるのは流石にちょっと……」

治療していた女が聞き流せないと口を挟んだ。

「……そうだな、では装備の弁償と、冒険者の先輩として口利きしてもらおう。後一つ、これが一番大事なんだが……俺の依頼主には絶対に手を出さないこと。できるか？」

「それぐらいなら、大丈夫だけど……いいの？　そんなことで」

思わず聞いてしまう。

だが男は真剣な顔になる。

「そんなこと？　何があろうとも絶対に手を出すなと言ってるんだ。〝そんなこと〟なんて思ってもらっては困るな」

男の声は本気だ。

それほどの覚悟をして約束しろと言ってきている。

「……分かった、約束する。我が氏族に誓って、その女には手を出さない」

「言ったな？　では約束が破られた時にはお前の氏族を滅ぼす」

思わず息を呑んだ。

ただの脅しと笑い飛ばすには、この男の圧力は強すぎる。

実際、私の首を持って両マフィアに交渉をかければできないことではない。

この男が同胞の実力者を抑えている間に、数で押しつぶせば被害も最小限だ。

マフィアは私たちに縄張りを取られてから追い出したくて仕方がないはずだ。

それを押しとどめているのは私をはじめとした達人の存在。

マフィア程度では手も足も出ない私たちの存在があってこそ、こちらに手を出してこないのだ。

それを打ち倒せる人間が味方についたとなれば……。

だが、それは私が約束を守ればいいだけだ。

「構わない」

「よし、交渉成立だ」

男は立ち上がると縄を外す。

しびれの残る手を振りながら回復術で顔の打撲を治す。

その様子を見ながら、男はベッドの脇に置いてある私の刀に視線を移す。

「見ても？」

「どうぞ」

律儀にも断ってから刀を抜く。

刀身に顔が映るほどに磨かれた愛刀を見て、感嘆の声を出す。

「……素晴らしいな」

「どうも」

自分の武器を褒められて少し鼻が高くなる。

それと同時にこの男の武器は随分貧相だったのを思い出す。

「そういえばお兄さんは……えっと」

「ジグだ。こっちはシアーシャ」

汚れた布などを片付けていた女性が軽く頭を下げる。

「ジグはなんであんなしょぼい武器を使ってたの？」

手入れにでも出していたのだろうか。

「しょぼい……か」

切ない顔をするジグ。

愛着のある武器だったのだろうか。

それなら悪いことを言ってしまった。

「ああごめん、色々あるよね」

「いや、いい。……金がないだけだ」

「そ、そう……」

　切実な理由だった。

「そうとも、そのことだ。武器諸々《もろもろ》の弁償をするという話だったな。ズバリ聞くが、いくらまでいいんだ？」

「………………あー、実はその……私、あんまり持ってないんだよね。みんなの生活費としてほとんど送っちゃってるから」

「……そう、か」

　移民は周囲との不和や差別から、一所で腰を据えた仕事があまりできないため、どうしても不安定だったり割の悪い仕事だったりになりがちなのだ。

　二等級の仕事は報酬もいいが、大勢を養えるほどではない。

　それに危険も多いため、ハイペースで依頼をこなすのは難しい。

「だから出せても五十万程度しか……」

「おお！　それだけあれば十分だ」

「え？」

「俺が出せるのも五十万ぐらいだ。百万あれば十分な装備が買えるぞ！」

　嬉しそうに支度をし始める。

「ちょ、ちょっとまって。百万て、一体どんな武器を買うつもりなの？」

「何か問題が？」

「……私の刀を売るとどのくらいになるか知ってる？」

「ふむ……二百万？」

首を振る。

「む……三百万」

「一千万」

「せ、せん……？」

驚愕の値段を聞いてジグが固まる。

「魔獣と戦うにはそれぐらいの武器は普通に使うの。もしかして成り立て？」

「ええ。この前九等級になったばかりです。七等級の魔獣とも交戦経験はありますが」

固まるジグに変わってシアーシャが答える。

もう七等級とやり合うとは。

彼らも随分無茶をしている。

しかし……。

「……え、あの鉄製の武器で戦ってるの？　冗談でしょ？」

「まずいんですか？」

「まずいというかなんというか……よく壊れないね？　攻撃まともに受けたら一撃で壊れるよ」

「……あんな攻撃まともに受けたら壊れるのは当たり前だろう」

硬直から復活したジグが声を絞り出すように答える。

「それで壊れないからみんな使ってるんだよ……まあいいや。武器見に行くんでしょ？　私もついていく」

「……いや、明日にしよう。俺もまだ傷が治りきっていない。お前もその格好をなんとかしろ」

自分の格好を見ると確かにひどい。

路地裏を転がったせいでゴミだらけだ。

匂いもひどい。

湯に浸かりたい。

「……そうだね。私もまだ顔痛いしそうしよう。また明日に来るね」

†

そう言って部屋を出るイサナ。

「信用できますかね？」

「他に方法がない」

シアーシャは隣に座ると肩に手を当てる。

慈しむように撫でると術をかける。

「あんまり無茶しないでくださいね」

「ああ、気をつける」

そうして今しばらく、治療に勤しんだ。

†

冒険者がある特定の目的や思想の元に集まり、徒党を組んだものをクランと言う。

難易度が高かったり、人数の必要な依頼をこなしたりする際に、外部の人間をその都度集めるのは中々の手間だ。

そのため仕事の方針や、やり方が合う者達でパーティーとは別に固定メンバーを組み、お互い、依頼に応じて人員の都合をし始めたのが元になった。

冒険者はある程度の経験を積むとクランに入る者がほとんどだ。

一部のノルマや規則が厳しいクランを除き、クラン同士での仲間意識から、情報の共有や有事の際の保険がわりなど、デメリットが少なくメリットが大きいからだ。

もちろん全員が入るわけではない。

人との関わりが嫌いな者。

行動に問題が多く、入るのを断られる者。

クランに入らない理由は様々だ。

彼女、イサナ＝ゲイホーンも、諸々の事情からクランには所属していない。

だが、それは問題行動が多いからではない。

また、人との関わりが嫌いなわけでもない。

宿に戻る前。

帰る途中にギルドに報告するのを忘れていた彼女は、やむなく汚れたまま立ち寄ることにした。

報告予定時間は大幅に過ぎている、これ以上遅くなるわけにはいかない。

ギルドに入った瞬間、周囲の視線が向けられる。

有数の実力者であり、見目の整った姿故に彼女への注目度は高い。

彼女にとってはいつものことなので、気にも留めない。

真っ直ぐ受付に向かう。

「お待たせ。カンタレラの取引現場の報告とつながりのある店のリスト、確かに渡したよ」

「イサナ様！　予定時刻を過ぎても戻らないので心配しましたよ……今ちょうど安否確認の人員を申請するところでした」

「ごめんね。思わぬ邪魔が入って手古摺《てこず》っちゃって」

ジグの懸念した通り、ギルドは高位冒険者の安否を特に気にする。

あの場でジグがイサナを殺していたら近い内、彼らに調査の矛先が向けられていただろう。

「イサナ様がですか？　まさか、その格好は……」

「大した怪我はしていないから大丈夫。じゃ、後よろしく」

色々と聞きたげな様子の受付嬢の視線を無視して促す。

手続きのために奥に引っ込んだ彼女と入れ替わりに、一人の男が声を掛けてきた。

「やあイサナ」

「ノートン、今日はずいぶん遅いみたいね」

三十代前半といったところか。

金髪に爽やかな笑顔。

鍛えられた肉体と立ち姿が彼を実力者だと物語っていた。

「今日は大物だったからね。それよりクランの件、考えてくれたかい？」

「悪いけど、答えは変わらないよ」

「つれないなあ」

イサナは以前よりノートンのクランに勧誘されていた。

その場で断り、それ以降も何度か誘われているが全て断っていた。

「参考までに、何が足りないか教えてくれないかい？」

「別にあんたのところが気に入らないわけじゃない」

「……人種のことかい？　僕のクランにそんな小さいことを気にする奴はいないよ」

「私が気にするのよ」

この男が善意で言っていることは分かっている。

ノートンは紛れもない善人だ。

人当たりもよく周りのことを考えて行動している。

だがそうではない。

イサナ達はただ静かに暮らしたいだけだ。

理解を求めてもいないし、ましてや争いなど。

過去マフィアと派手にやりあったのも居場所を追われ、流れ着いた先で生きるために必死だっただけだ。

イサナの内心を知らない彼は残念そうにするも、しつこくするのは余計に彼女の機嫌を損ねるだけとおとなしく引く。

「……ところで、その格好はどうしたんだい」

「仕事でちょっと邪魔が入ってね。勘違いだったんだけど」

ノートンは目を細めた。

人当たりのいい青年の雰囲気が少し変わる。

「……へぇ。君に苦戦させるなんて大したものじゃないか。どんな奴だい？」

少し思案する。

黙っていろと言われたのは薬物所持のことだけだったが、無駄に興味を持たれるのをあの男は好まないだろう。

「さあね。初めて見るタイプの奴だったわ」

適当にお茶を濁しておく。

受付嬢が戻ってきた。

「報告、確かに。報酬はいつものように？」

「そうして……ああ、それとは別に現金で五十万下ろして頂戴」

「かしこまりました。少々お待ちを」

金額の半分をいつものように送金し、残りを現金でもらうのがいつものやり方だ。

だが明日は武器の弁償をしなければいけない。

貯めていたへソクリを下ろすと、少々未練がましく見てしまう。

冒険者の装備は非常に金がかかる。

大きな金額を稼いでいるように見える冒険者でも、自由に使える金というのは存外、少ないのだ。

ましてや彼女は仕送りをしている身だ。

色々我慢する中でようやく貯めた金を使うのに、思うところがあるのは当然というもの。

とはいえ、これでも甘いというのはイサナ自身よく分かっている。

一対一の死合で負けたのに命があるだけで儲けもの。

本来なら身ぐるみ剥がされていても文句は言えないのだ。

肩に負わせた傷の治療費を請求されなかったのもそうだが、あの男の要求は受けた被害からすれば非常に小さい。

そこに文句を言っては罰が当たるというものだ。

金を受け取ると今度こそ宿に帰る。

今日の夕食は、少し侘《わび》しかった。

†

翌日。

ジグたちはイサナと合流すると鍛冶屋に向かった。

もう三度目になる鍛冶屋はいつものように賑わいを見せている。

「いらっしゃいませ。……おや、今日は珍しい方と一緒ですね」

いつもの店員がジグたちに応対する。

イサナが一緒にいるのに気が付くと目を丸くした。

彼女の名前はこんなところにまで届いているようだ。

「少し縁があってな。以前見せてもらった武器、まだあるか？」

「もちろんでございます。ご予算の方の都合がつきましたか？」

「そんなところだ。ついでに手甲も安いのを見繕ってもらいたいんだが」

「かしこまりました。こちらで腕のサイズを測らせてください」

近くの店員に声を掛け取りに行かせた後に腕を測られる。

「……ずいぶん鍛えこんでいらっしゃいますね」

「仕事でな」

「どのような手甲をお探しで？」

「腕の動きを阻害しない造りがいい」

他愛ないやり取り。

店員は測り終えると品を探すために離れた。

店に入ってからもそうだったが、待っている間も妙にこちらを見られている。

正確には見られているのはイサナだ。

「おい、あれって……」

「ああ、間違いない。白雷姫《はくらいき》だ」

周囲の声も聞こえてくる。

「白雷姫？」

ちらりと本人を見ながら聞いてみる。

「……私の通り名みたいなものよ」

いやそうな顔をしているのを見るに、本意ではないのだろう。

「…………白雷〝姫〟ねえ」

「うるっさいわね、分かってるわよ姫なんて柄じゃないって。誰も呼んでくれなんて頼んでないわよ」

少しつつくと想像以上に癪に障ったようだ。

からかいすぎたことを謝る。

「悪かった。しかし、通り名なんてものがあるんだな」

「他にも似たようなのあるわよ。絶氷姫《ぜっひょうき》とか、豪炎公《ごうえんこう》とか」

「……キツイものがあるな」

思わず背筋を掻きたくなる。

イサナも渋い顔をしているようだ。

「正直、二十六にもなって姫は勘弁してほしいわ……」

「お前歳上か」

「あんたその顔で歳下とか冗談でしょ？」

「………顔は関係ないだろう」

実は気にしていることを言われジグの心がひそかに傷つく。

「……よし、この話はやめにしよう」

「そうしましょう」

「…………」

推定年齢二百以上のシアーシャが、切ない顔でその光景から目をそらした。

誰も得をしない話が終わった所で、奥から台車を押して武器と一緒にいくつかの手甲が運ばれてくる。

「申し訳ありません。以前紹介したうちの片方が先日売れてしまったようです」

「青い方か？」

「緑の方です」

「それならいい」

元からあちらは買うつもりがなかったので問題はない。

台車に置かれた双刃剣を手に取り、イサナがじっくりと観察する。

「ふぅん……造りは悪くないわね。これは何の素材？」

「蒼双兜の角を削り出しました」

「また珍しいものを……それなら頑丈さは十分だけど、魔装具じゃないのね」

「はい。魔装具にしてしまうとお値段が……」

イサナと店員が何やら詳しい性能について話し合っている。

魔装具とは確か、魔具と違い魔力を込める必要がない特殊な性質を持つ装備のことだったか。

「で、これいくらなの？」

武器について満足いくまで聞いたのか、本題の値段に話が移った。

「こちら、百万になります」

「うーん、まあ出来からすれば悪くない値段ではあるけど……」

「ですが」

絶妙に渋い顔をするイサナに店員が待ったをかける。

「先日職人の方と相談いたしまして。この武器は使い手も少なく倉庫にしまわれたままでした。当店としてもいつまでも在庫を抱えているわけにもいきませんので、今回はこちらを七十万で取引したいと思っています」

想像以上の値引きだ。

ジグの口元がわずかに持ち上がった。

それに気づいたシアーシャが微笑む。

「悪くないわね。じゃあ手甲と脚甲を武器込みで百万になるように、見繕ってちょうだい」

「……そうなりますと」

店員は運んできたものの内から一つを手に取る。

「こちらはいかがでしょう。盾蟲《たてむし》の甲殻でできていますので耐久力は十分です」

緩いカーブをした手甲をつけてみる。

中身の詰まった手甲は確かに頑丈だ。

取り回しも悪くない。

「その代わり重量がどうしても軽くできないのですが、いかがですか？」

「ふむ」

確かに前使っていたものよりも重い。

少し離れて腕をまわしてみる。

何度か回した後に構える。

半身になり左手顔の前、右手顎の横。

拳を放つ鋭い風切り音が響いた。

ジャブ二発、ストレート、ワンツーダッキングからのアッパー。

一通りコンビネーションを試すと手甲を外す。

「……よし、これぐらいなら大丈夫そうだ」

「はい。ではこちらと合わせてちょうど百万になります。手甲は微調整しますので後日ギルドまでお送りします」

イサナはジグに金を渡す。

ジグはそれを受け取ると自分の分も合わせて店員に渡した。

その光景に周囲が目を疑う。

これはあくまでも弁償だ。

だがその事情を知らぬ第三者からは、ジグがイサナに金を出させたようにも見えた。

――二等級冒険者で周囲と距離を置きがちなあのイサナ＝ゲイホーンに金を払わせるあの男は何者だ？

誰もがそう思った。

しかし周囲のそんな驚きなどまるで気が付かない当人たちは、そのまま購入を済ませる。

†

「これでチャラだな」

店を出て買った武器を背負うと、ジグはイサナにそう告げる。

「約束が果たされるのを期待している」

「……ねえ、一ついい？」

去っていくジグとシアーシャにイサナが声をかけた。

シアーシャは律儀に振り返り、ジグは半身で視線だけ向ける。

「あんた達も、私みたいな別の種族は受け入れられない？」

その質問にジグは肩をすくめる。

シアーシャを見て、任せるとばかりに肩を叩く。

彼女は苦笑いしながら答える。

「……私も元いたところで受け入れてもらえなくて逃げて来た異種族のようなものなんで……

それでも、異種族を受け入れられない人たちの気持ちも分かります。何を考えているのか分からない相手って、やっぱり怖いですからね」

「……あなたは、それに対する答えを持っているの？」

悲しげに笑いながら、シアーシャは黙って首を振る。

「難しい問題です。言葉で説いても、力を振るってもきっと正解にはなりえない。答えなんてないのかもしれませんね」

イサナはその答えに少なからず落胆した。

違う者はどこまで行っても受け入れられない。

どこまで行っても他所者。

暗い考えが頭をぐるぐると回る。

「でも」

しかし、シアーシャの言葉はまだ続いていた。

「だからこそ、理解して受け入れてくれる人を大切にしたいと思ってます」

「……受け入れてくれる人、か」

「一人もいませんか？」

そんなことはなかった。

依頼の助っ人を頼まれて感謝されたことは幾度もある。

ノートンは素っ気ない自分をよく気にかけてくれる。

壁を作っていたのは自分だったのに。

受け入れてもらえない、理解してもらえないなどと一人で不幸自慢をしていたのが恥ずかしくなる。

思春期の子供か、私は。

羞恥心からうつむいているイサナの肩に大きな手が置かれた。

「……？」

顔を上げるとジグが真剣な顔をしている。

彼はイサナの目を見つめて一言。

「自分探しの旅、行くか？」

「行くかぁ!!」

羞恥と怒りの拳を放つ。

轟音で迫るそれをジグは容易《たやす》く躱すと、そのまま笑いながら去っていった。

その後を申し訳なさそうに頭を下げながら、シアーシャが続く。

鼻息荒くそれを見送ったイサナは自分の手を見つめる。

殺意ではなく、感情に任せて手を出すなどいつぶりだろうか。

怒りのあまり出た拳だったが、それほど悪い気分でないのがなお腹立たしい。

「ふん！」

今日は帰ってヤケ酒だ。

五十万も出してしまったのだ、今さら酒代程度怖いものか。

†

武器を新調した帰り道。シアーシャと昼食にしようと店を探す。

「何か食べたいものありますか？」

先を行くシアーシャが肩越しに振り返って聞いてくる。

「そうだな……」

先ほど大きな出費があったばかりで懐事情はあまり芳しいとは言えない。

「屋台で適当なものでも……っ」

ぞわりと、背筋が粟立つ。

一瞬だが、確かに感じられたそれを探して視線を巡らせる。しかしその視線の主は、先ほどの強烈な感情の発露とは正反対の巧みさで姿を捉えさせない。

「ジグさん？　どうかしましたか？」

結局、彼女に声を掛けられた頃には完全にその気配をくらませていた。

気が付くのが遅れたのは相手の練度もあるが、向けられているのがシアーシャだったからだろう。

「シアーシャ」

「はい？」

「何か最近、恨まれるようなことをしたか？」

「何です急に？」

「いや……」

先ほど向けられた視線は、あまり好意的なものとは思えなかった。

ジグの意識を掻い潜るほどのやり手が、ああも露骨に感情を漏らした。そこに引っ掛かりを覚える。

「……なんでもない。今日は屋台で済ませよう」

「私、串ものが食べたいです」

そう言って屋台の立ち並ぶ通りへ足を向ける彼女。

心持ち機嫌良さげに歩く彼女を見て拳を強く握る。


そう、問題はない。

何かあった時のために自分がいるのだ。

たとえ誰が立ち塞がろうとも、やることは変わらない。

四章　魔獣の群れ

二日の休日を挟んだ後、討伐隊に参加するためにギルドへ行く。

実に慌ただしい休日だったので、体を休ませられたかというと微妙なところではあるが、依頼となればそうも言っていられない。

幸い懸念事項だった武器の問題は片付いた。

肩の傷も塞がり依頼をこなすには問題ない。


二人がギルドに入るといつも以上の人だかりだ。

いつもの受付とは違う場所に多くの冒険者が並んでいて、列の整理までされているほどだ。

「討伐隊に参加する冒険者の方は、こちらの列に並んで手続きをお願いします！」

係の者の指示に従い二人は列に並ぶ。

事前に諸々の手続きは済ませているため、本人確認だけが済んだ端から転移させているようだ。

それでも列は長く時間がかかる。

「こんなにいるなら本当に楽そうですね」

「これだけ必要なほど、魔獣が大発生しているということでもあるな。……？」

二人で話していると妙に視線を感じる。

シアーシャが見られているのはいつものことだが、今日はどういうわけかジグが注目されているようだ。

視線の理由が分からず怪訝な表情をするジグ。

そんな彼に、手続きを済ませた冒険者のパーティーが声を掛けてきた。

「よう、昨日とは違う女かぁ？　ずいぶんいい身分じゃねえか」

やさぐれた雰囲気の男が、こちらを挑発するように話しかけてくる。

ジグは男の態度と話を聞いて視線の理由を理解する。

どうやら先日、イサナといたことが噂になっているらしい。

彼女は、戦闘狂で思春期な内面を考慮しなければ、佳《よ》い女だ。

二等級という地位もある。

金が存外ないのは……知られていないのだろう。

もとよりシアーシャのそばにいつもくっついている彼のことを、気に入らない男は多い。

そのうえイサナまで連れまわしていたとなれば、文句を言いたくなるのは当然であった。

「いいよなぁ、女をとっかえひっかえできるほどモテる奴はよ。武器まで貢がせるなんて、いや大したもんだよ。……俺ならプライドが邪魔して真似できないね」

あの状況は確かに、傍《はた》から見れば武器を買わせているように見えるかもしれない。

佳い女をとっかえひっかえ侍らせて装備まで買わせている男がいたら、なるほど彼の言いたいことも理解できるというものだ。

「あの、あれはそういうわけではなくて……」

「君もいいの？　こんないい娘がいるのに他の女に手を付けてるんだぜ」

「……いえ、だから」

「こんな浮気野郎なんてほっておいてさ、俺たちと組まない？　退屈させないって」

「……」

なるべく穏便に済ませようとするシアーシャ。

しかし男は話を聞かず憶測でどんどん進めていってしまう。

男の態度に、彼女が苛立ちを募らせていくのが傍から見ていても手に取るように分かった。

「君たち、何やってるんだい？」

浮気野郎、のあたりで苛立ちが殺気に変わりかける瞬間。

横合いから声を掛けられた。

「あァ？」

男たちが邪魔をされたことに不快さを隠さず睨みつける。

しかし、その顔色がすぐに変わる。

「ア、アランさん……」

そこにはいつかの赤毛の冒険者が立っていた。

四等級の実力者である彼の視線に男が怯む。

「少し揉めているように見えたけど、何か問題かい？」

「い、いいえ。少し世間話をしていただけです……俺たちはこれで」

アランから逃げるように男たちが去っていく。

その背中を冷たい目で見るシアーシャ。

彼らがいなくなるとアランが話しかけてくる。

「余計なお世話だったかな？」

「いや、助かった。シアーシャが弾けそうだったからな」

「うん、僕も実は彼らを心配して声を掛けたんだ」

彼も中々言う。

ジグとアランはどちらからともなく笑う。

「……貶《けな》されているような気がするのですが」

彼女がむくれる。

「あれぐらい笑って流せるようになれ。お前、歳上だろ」

「自分のことは別にいいですけど、ジグさんのことを言われるとつい……」

自分より他人の誹謗中傷に怒るのはよくある話だが、彼女の場合は特別だ。

呪詛《じゅそ》を投げかけられるのには慣れている彼女だが、初めてできた味方と言える存在を貶されて怒るなというのは、難しい話というものだ。

「気持ちはありがたいが、他人にお前の評価を押し付けるな。周りから見れば俺は立派なヒモ野郎だ」

「でも！　それは事情を知らないからで……」

「自分の事情を一から十まで他人に理解させることなんて不可能だ。人は皆、自分の見て聞いたことでしか判断できないんだよ」

「……はい」

シアーシャがしょんぼりとする。

ジグは苦笑しながらその肩に手を置いた。

「……言ったろ。理解して受け入れてくれる人間を大切にするさ」

先日彼女がイサナに言った言葉だ。

それを返されたシアーシャがはにかんで笑った。

二人を興味深そうに見ていたアランが口をはさむ。

「ジグは珍しいね。この業界、舐められたら終わりだ……って喧嘩する人が多いのに」

「俺は冒険者じゃないからな。他人を舐めてかかる奴は遠からず死んでいったから、気にするだけ無駄だったんだ」

戦場で敵味方問わず、人を舐めるような間抜けは皆いなくなった。

最初は怒りもしたが、相手がどんどんいなくなっていくにつれて、むなしさすら感じるようになった。

——ああ、こいつは長くないな。

そう思うと余命いくばくかの病人を見ている気分にすらなる。

「それはまた、随分過酷な仕事だね……」

「そういうお前はどうした？　討伐隊は七等級の依頼だと聞いているが」

冒険者が受けられる依頼は、上は一つまでと決められているが、下への制限は基本的にない。

その代わり加点もない。

それどころか露骨に下の依頼ばかり受けていると、減点すらされる。

彼が進んでこの依頼を受ける理由はないように思えた。

ジグの疑問にシアーシャが答える。

「彼らは保険……悪く言うと子守《こもり》ですね」

「子守？」

「そんなつもりはないんだけど……」

　アランが説明してくれる。

「討伐隊には、必ず四等級以上のパーティーが一つ付くことになっているんだ。理由は危険度の高い魔獣が出現した時の対応のためだね」

　繁殖期には高位の魔獣が出現することがある。

　数の多い小物を餌にするためだったり、群れの中に一際強力な個体が現れたりと理由は様々だ。

「常ならぬ状態の時には、予測できないことが多いんだ。本当はちゃんと理由があるんだろうけど、魔獣の生態は解明されていないことも多いからね。そして、これまでの繁殖期で、討伐隊が本来の生息域にいない魔獣に遭遇する確率はそれほど低くはない」

　彼らはそれに対応するためについてくるというわけか。

「なるほど、確かに子守だ」

「その呼び方はあんまり好きじゃないんだけどな」

　アランはそう言って苦笑いする。

「お前たちがいるなら安心だな」

　以前見た時に確認したがアラン達の実力は高い。

　ただ強いだけでなく、状況判断や不測の事態における対応能力が優れている。

高位の魔獣が出ても彼らなら対処できるだろう。

「そう言ってくれると嬉しいな。微力を尽くすとするよ」

アランはそう言って去っていく。

そうこうしている内に列が進んだようだ。

自分たちの番になり、受付で手続きを済ませると転移石の部屋に行く。

いつもとは違う部屋の転移石を使うようだ。

「今回向かうのはフュエル岩山だったか？」

「はい。岩蟲の幼体が討伐対象です」

岩蟲は芋虫のような見た目をしているが、繭を作るのではない。

成体の岩蟲が体内で幼体を育て、ある程度大きくなってから産まれてくる。

その際に親の体を食い破り糧とする。

一度に産む数こそそれなりだが、成長させてから産まれてくるため幼体の生存率は高く、放っておくと一帯が岩蟲だらけになる。

毎年狩る必要はないが、数が増えてきたら要注意というわけだ。

「討伐の目安は本来いないはずの生息域にまで出現し始めたら……先日私たちが遭遇した個体がそれにあたります」

運よくその個体に出合ったおかげで、討伐隊の依頼にまで漕ぎつけられたのだから、感謝せねばなるまい。

「想定される高位の魔獣は剛槌蜥蜴《ごうついとかげ》、削岩竜《さくがんりゅう》、岩喰鬼《いわくいおに》。高位ではありませんが、岩蟲の成体と狂爪蟲《きょうそうちゅう》が交ざることもあります」

「竜だと？」

今までと毛色の違う名前にジグが反応を示す。

「竜と言っても、亜竜という下位のやつらしいですよ。ブレスを吐けなかったり知能がそこまで高くなかったりなど、本物の竜には及ばないものの力や生命力が強いとか」

「いよいよおとぎ話だな。正直、興味がある」

ジグがいた大陸でも竜という存在は特別視されていた。

彼にとっても少なからず憧れのある生物だ。

見てみたいという気持ちがある。

「……駄目ですよジグさん？　削岩竜は四等級上位の魔獣です。仮に倒せたとしても、ギルドから大目玉を食らっちゃいますよ」

「残念だ」

いかに実力主義のギルドと言っても限度はある。

本来の規定から大きく逸脱した行動をとれば、問題視は避けられない。

話しているうちにジグたちの順番が来たようだ。

転移石に乗り、いつものように彼らは仕事に向かった。

†

フュエル岩山。

岩肌が剥き出しになった荒れ地で、鉱石資源が豊富だ。

鉱物を餌とする特殊な魔獣が闊歩する危険な地だが、リスクを上回るほどの利益が出る。

そのため魔獣の討伐依頼が多く、主に七～六等級のパーティーが定期の依頼を受けている。

削岩竜など高位の魔獣も多くいるが、奥地にいるため、こちらから刺激しない限りは出てこない。

繁殖期などで稀に出てきた時は、高位の冒険者の出番というわけだ。

ジグたちは既に到着していた冒険者たちと同じように、野営地で準備を進める。

やがて後続の冒険者も合流し、五十人ほどの大所帯となった。

一つの冒険者パーティーは大体四人から六人。

十のパーティーが集まっている。

参加冒険者が揃ったのを確認すると、四等級の冒険者パーティーが先頭に立つ。

アランが皆の前に出ると声を上げて説明をする。

「今回の討伐対象は岩蟲だ。幼体とはいえ数が多い。決して孤立しないようにお互いをフォローできる距離を確認してくれ」

アランの注意にいくつかのパーティーが目配せしあう。

「事前に他のパーティーと話をつけている奴らが多いな」

「それもありますが、同じクランから参加しているのでしょうね。即席で合わせるのって難しいらしいですし。身内同士ならその心配はありません」

「合わせることに関しては、俺たちは完全な素人だからな。彼らの邪魔をしないように気を付けよう」

ジグたちは戦闘能力こそ高いものの、魔獣の討伐経験はまだまだだ。

なまじ腕がある分、しっかりと基礎を学んでおらず、連携においては駆け出しもいいところ。

人間相手の戦闘ならば、ジグは経験豊富なのだが相手は魔獣だ。

人相手の連携経験はあまり意味をなさないだろう。

いくつか連絡事項を説明した後、討伐隊が出発する。

アラン達は二手に分かれて隊の左右に付いた。

正面は討伐隊にまかせて不意の襲撃に備えるようだ。

討伐隊は三つの分隊に分かれて横に広がる。

「今回は魔術攻撃による殲滅《せんめつ》がメインだ。俺の出る幕はないだろうな」

「今日はジグさんはゆっくりしていてください。こういうのは私の得意分野です」

「そうさせてもらおう」

とはいえ何もしないわけにもいかない。

近づかれた際の前衛は、いくつかのパーティーで構成されている。

そこに交ざるのも考えたが、今さら連携も取れない前衛が一人増えたところで、邪魔になるだけだろう。

「後ろにいる。何かあったら伝えよう」

「はい」

ジグはシアーシャに一声かけて後方に下がった。

全体を見て異常をすぐに察知できる偵察の役目に徹することにしたのだ。

後方には殿《しんがり》を任せられたパーティーがいた。

ジグを見ると怪訝そうな顔をしたが、彼が一定の距離をとると何も言わずに周囲の警戒に移った。

†

しばらく進むと景色が変わってくる。

地面の裂け目とでも言おうか。

血管のようにひび割れ、隆起した大地の間が道になっている。

裂け目は非常に大きく、討伐隊が通っても狭いと感じることはない。

しかしあちこちに死角ができ、枝分かれした道がある。

道中の小物はこの人数を見るだけで大抵は逃げていく。

稀に突っかかる個体もいるが、魔術と弓で瞬く間に処理されていった。

これは本当に出番がなさそうだ。

「なあ、聞いてもいいか？」

そう思いながら周囲を警戒していると、いつの間にか殿《しんがり》のパーティーが近づいてきていた。

物珍しそうな顔でジグを見ながら声を掛けてくる。

「何だ？」

「この前イサナさんと一緒にいたってのはマジなのか？」

彼らも噂を聞いて興味がわいたようだ。

「ああ、本当だ」

ジグの端的な答えに男たちがざわめく。

「マジかよ……じゃ、じゃあ武器を買ってもらったっていうのも本当なのか……？」

「正確には違うな。あいつに武器を壊されたから弁償してもらったんだ」

「え、そうなのか。弁償ってどういうことだ？」

「勘違いで襲われてな。武器を壊され、肩に風穴を空けられてしまった」

「そりゃまた……なんというか、災難だったな」

「全くだ。高位冒険者とは、皆ああなのか？」

「あー、ちょっと変な奴が多いかなぁ……」

彼は何とも言い難いような顔をして濁した。どの分野でも、上の方にいるのはどこかしら妙なやつが多いのはよくあることだが、冒険者も例に漏れないらしい。

彼らと話しながらしばらく進むと、隊の前方の歩みが止まった。

「おいでなすったか」

男が言うのと同時、前方で警戒を促す声が上がる。

彼らの進む先。

目を凝らすと、裂け目の分かれ道から魔獣が湧き出してきたのが見える。

じわじわと増えていく群れは、やがて地面を覆いつくすほどになっていく。

岩蟲の幼体は群れを成し、土煙を上げながら獲物へと突き進む。

魔獣が出てきたのを確認すると、あらかじめ打ち合わせしていた通りに隊列を組む。

魔術師が横に長く、二列に分かれて並ぶ。

前衛は左右を固めて近寄られた際に、すぐに駆け付けられるように準備をする。

「来るぞ！　魔術準備！」

前方のパーティーが叫ぶ。

それに合わせて冒険者たちが術を組み始める。

一斉に術を組み始めるのと同時に、周囲から様々な刺激臭が立ち上る。

ジグはそのあまりの多さに思わず眉をしかめた。

「狙え……撃てぇ!!」

号令と共に術が放たれた。

無数の術は岩蟲の大群に襲い掛かると、その大部分を薙ぎ払った。

岩蟲は味方の死体を乗り越え勢いを落とすことなく向かってくる。

術を放った者は、すぐに後ろに下がって次の術を組む。

入れ替わるように前に出た術師が、組み終えていた術を構える。

「第二波、てぇえええ！」

轟音と共にまたも魔獣が宙を舞う。

中には成体の岩蟲もいたが、こうなってしまっては的になるだけだ。

元より岩蟲の長所は多脚による走破能力と機動性にある。

このように密集してしまっては、強みをまるで生かせないのは道理だった。

「この分なら処理は十分間に合いそうだな」

戦いとも呼べないようなその光景を見ながら、ジグは呟く。
あちらは任せて後方の警戒をしよう。
そう思って振り向こうとした瞬間。
何かが視界の端に映る。
「なんだ？」
気のせいかとも思ったが幽霊鮫の件もある。
注意深く見ていると、横のわき道から別の魔獣が出てくるのが見えた。
体高二メートルほどの二足歩行の魔獣だ。
薄茶色の甲殻に包まれている。
見るからに運動性能の高そうな体つきと、凶悪な攻撃性を示す長い爪。
爪というよりはブレードに近いほどの長さだ。
直立して腕を下げると地面につくほどに長い。
カミキリムシのような顔をしていて、大きな顎を動かしている。
そんな魔獣がわき道から姿を現していた。
「これが予定外の魔獣という奴か！」
討伐隊の左右から現れた魔獣は躊躇《ためら》いもせず走り出す。
ジグはそこに向かうべく走り出そうとする。

「大丈夫だよ」

しかし殿のパーティーののんきな言葉に足を止めた。

「どういうことだ？」

「どういうことも何も、こういう時のためにあの人たちがいるんだから。……見てみな」

男に言われて視線を討伐隊に向ける。

急に横合いから現れた魔獣に、討伐隊はわずかに怯んだ。

それにお構いなく魔獣が突っ込む。

大地を踏みしめ走る魔獣。

速度は岩蟲以上だ。

しかし魔獣の前に立ちふさがる男がいた。

目の前の障害を薙ぎ払うべく魔獣がその爪を振るう。

男はそれを長剣で逸らす。

攻撃を流された魔獣が、反対の爪を振るうがすでに相手は正面にはいない。

男は爪を逸らすと同時に踏み込み、軸足を中心に回転。

魔獣の背後をとっていた。

そのまま横薙ぎに長剣が魔獣の胴体を斬る。

勢いそのままに倒れた魔獣は、痙攣《けいれん》した後に動きを止めた。

魔獣を鮮やかな動きで仕留めた男——アランが次の魔獣に構える。

彼を見た討伐隊は、歓声を上げると安心して目の前の魔獣に専念する。


「な？」

「……なるほどな」

流石は四等級、見事な手際だ。

彼らがいるならば、予定外の魔獣でも問題ない。

「しっかし今回はずいぶん小物だな。狂爪蟲だけとはね」

「どんな魔獣なんだ？」

ジグの疑問に男が答えてくれる。

狂爪蟲は七等級上位の魔獣だ。

岩蟲より攻撃性と速度に優れているものの、急旋回や壁を登るほどの走行性はない。

非常に縄張り意識が強く、格上でも構わず戦いを仕掛けることから、長生きできる個体は少ない。

同族同士でも平気で共食いするので群れることは非常に稀だ。

頭も悪く囮《おとり》や釣りに簡単に引っかかるため、戦闘能力のわりに危険性が低い魔獣。

搦め手から落ち着いて対処すれば、等級以上の脅威はなし。

予定外の魔獣というには、いささか力不足が否めないという男の言葉は正しいものであった。

「まあ、狂爪蟲が多少なりとも群れているのは、珍しいっちゃ珍しいか」

二体目、三体目とアラン達のパーティーに仕留められていく狂爪蟲を眺めながらぼやく。

どうやら反対からも湧いてきたようで、二手に分かれたアランのパーティーがそれぞれ迎撃しているようだ。

「一応、報告しておくか」

「御苦労なこった。ま、こっちは任せろよ」

念のためシアーシャに伝えるべくジグが先頭に向かう。

その背に男がひらひらと手を振っていた。

彼女は左に展開している分隊にいた。

アランが守っている分隊だ。

相も変わらず波状攻撃で魔獣を蹴散らす冒険者たちの中に、彼女を見つけた。

黒髪を靡《なび》かせ、術を放つ彼女を見ていて気づく。

「……ずいぶん加減しているんだな」

彼女の力を知る彼からすると、今シアーシャが使っている術は出力、範囲共に平凡だ。

周りの術師よりは上だが本来の彼女には遠く及ばない。

「周りに合わせているのか、別の理由があるのか……」

力を抑えている理由を考えながら近づいていくとアランが見えた。

狂爪蟲のバランスを崩したところに、仲間の術師が火炎を放つが、それは飲み込まれる。

すぐに次の狂爪蟲を押さえて何合か交えて爪を斬り飛ばす。

ほどなく狂爪蟲の首が地に落ちる。

首を落とした時、一瞬見えた彼の表情に思わず足を止める。

「…………？」

ジグはそれに違和感を覚えた。

アランは相変わらず見事な剣捌きだ。

仲間との連携も申し分なく、さして消耗しているようにも見えない。

だというのに、彼は妙な感覚をぬぐえない。

その時、彼が狂爪蟲の爪を回避した際に、遠目だが、顔が見えた。

「焦っている……？」

そうとしか表現しようがないアランの顔。

「…………」

気が付くと。

もうずいぶんと狂爪蟲を倒しているようだ。

群れを作るのが非常に稀な魔獣のはずなのに。

ジグはふと周囲をもう一度確認する。

いつからか、アランを援護する術が増えている。

そしてそれと比例するように、シアーシャが放つ術がその数と威力を増していた。

「……急いだ方がよさそうだ」

何か異常事態が起こっている。

ジグは意識を切り替えると、足に力を込めて走り出した。

†

ジグが辿り着いたのを横目で見ると、シアーシャは周りの術師に一声かける。

休んでいた術師がすぐに交替して攻撃術を放つ。それを確認するとこちらを向いた。

うっすらと頬に汗がつたっている。

「ジグさん、ご無事で？」

「こちらは問題ない。状況は？」

「どうやらもう一つ魔獣の群れが発生していたようです」

なぜそんなことに。

諸々聞きたいことはあるが、今はそんな場合ではない。

ジグは疑問をすべて飲み込む。

「アランさんたちが抑えてくれていますが、手が足りないので何人か援護に行っています」

抜けた穴をシアーシャが埋めているようだ。

彼女ならば数人程度を請け負うのも可能だろう。

「ジグ!!」

声に振り向けばアランだった。

彼は狂爪蟲と切り結びながら声を張り上げている。

「他の隊はどうなってる!」

「中央は影響なし、右に展開している分隊はこちらと同じような状況だ!」

ジグも聞こえるように大きく叫んだ。

アランが魔獣を斬り捨てながら渋い顔をする。

「こっちはシアーシャさんが受け持ってくれたから何とかなりそうだ!　だが向こうはそうもいかない!」

新手が現れアランに襲い掛かる。

それを難なく躱して腕を斬り飛ばす。

「だから援護に行ってくれないか！」

「それは……」

ジグは即答できなかった。

彼は冒険者ではない。

シアーシャを護るのが彼の仕事だ。

それを放り出すわけにはいかない。

「ジグさん、行ってください」

彼のそんな葛藤を読み取ったシアーシャが言う。

「いいのか？」

「私はこれぐらい全然大丈夫です。まだまだいけますよ！」

「……分かった」

メインは護衛だが、依頼主の頼みとあらば、無下にはできない。

「お願いします。依頼を成功させて、ちゃちゃっと昇級しちゃいましょう」

そう言ってシアーシャは戦線へと戻っていく。

来た当初はギルドに入るのすら二の足を踏んでいたが、彼女もいつの間にか一人で考えて動けるようになっていたようだ。

口の端を吊り上げてその背を見送ると、彼も自分の仕事に向かう。

しかしその背に声がかかる。

「ジグ、一つ頼みが……いや、依頼をしてもいいか」

「……言ってみろ。内容次第で引き受けよう」

頼みではなく、仕事。

アランは自分と、ジグの関係を誤らなかった。

時間はそう多くはないが、彼は依頼の内容を慎重に考えた。

ジグ本来の依頼に支障をきたすような内容では断られる。

しかし半端な依頼を出すわけにはいかない。

「……俺の仲間を守ってやってくれ。報酬は成否にかかわらず五十、成功報酬でさらに五十」

それならば彼の仕事に影響はないはずだ。

本当なら他の冒険者も、と言いたいところだがそれは自分たちの仕事だ。

ジグもそれならば問題ないと首を縦に振る。

「分かった、引き受けよう」

「成功報酬は仲間の怪我の度合いで判断する」

ジグはそれに答えず既に走り出していた。

その背を見送ることなく、アランは次の魔獣に立ち向かう。

ジグの実力は未知数だ。
並でないのは分かるが、彼はあまりにも自分たちと違いすぎる。
考え方や仕事は言うに及ばず。
まるで遠い異国の人間と接しているような価値観の違い。
そしてあの目。
初めて彼に声を掛けた時に向けられた視線。
彼は傭兵だと言っていた。
だが自分は、今まで傭兵の中にあのような目をした人間を見たことがない。
恐らく自分たちが認識している傭兵と、彼のそれには致命的な差異があるはずだ。
だからこそ、彼に仕事を頼んだのだ。

†

アラン達は強い。
四人でならば亜竜をも打倒しうる猛者《もさ》だ。
しかし、どんなものにも弱点はある。
彼らにとっては、数がそれだった。

個々人が高いレベルで戦闘能力を持ち、後衛でありながら接近戦も十分にこなせる。

だが、それは必要に迫られてのことだ。

広範囲を殲滅するような術を持たず、数が多い相手には接近を許してしまう。

強力な単体には強く、平凡な多数には弱い。

それがアラン達のパーティーだ。

普段ならば問題はない。

数が多い相手は見つけやすく、不意を衝かれることもない。

運悪く遭遇しても退却すればいい。

だが今回は話が別だ。

不測の事態に対応するのが彼らの仕事、逃げ出すわけにはいかない。

放たれた矢が狂爪蟲を貫《つらぬ》く。

魔具により強化が付与されて、速度と威力の増したそれは防御した爪を砕いて突き刺さる。

アラン達の後衛。

弓使いの女は、撤退しろという理性からの指示を無視し続けて戦っていた。

右部隊の戦況は非常に苦しかった。

突如湧き出した狂爪蟲の群れは、いまだに止まる気配がない。

岩蟲と違い大群というほどではないのが救いだが、それにも限界が来ていた。

「クソ、何体出てきやがるんだ！」
前衛の盾を持った剣士が狂爪蟲にとどめを刺す。
彼は優秀な剣士だが、防御寄りの前衛だ。
今求められるのは殲滅力。
正面の魔獣への対応を怠るわけにはいかない以上、こちらへの援護にも限度がある。
今ある戦力だけで何とか凌がなければ戦線が崩壊する。
しかし魔獣の出現する間隔は、こちらの処理能力を上回っていた。
徐々に押されている戦況で、弓使いの顔に焦りが浮かぶ。
弓使いは矢のみならず術も放つ。
不可視の刃は魔獣の足を切り裂き機動力を奪い、盾剣士がその首を斬る。
弓と魔術を絶え間なく撃ち続ける、彼女の奮闘なくしては既に呑まれていただろう。
しかし魔具に加えて術まで行使する彼女の消耗は激しい。
魔力は底が見えてきたのに対して、敵は収まる様子がない。
別部隊からの増援も期待できなそうだ。
魔力か体力か。
どちらが先に尽きるだろうか。
そんな考えを振り払い気力と弓を絞る。

だが真っ先に尽きたのは、魔力でも体力でもなかった。

矢筒に掛けた手が空を切る。

予備も含め矢弾が尽きてしまった。

「っ、しまっ……」

一瞬の動揺に声が漏れる。

術が途切れてしまった。

絶え間なく放たれていた弾幕が止まった。

すぐに我に返る、と詠唱を始めるが時すでに遅し。

「まずい！　そっち行くぞ!!」

盾剣士の隙をついて、何匹か抜けてしまう。

自分の方へ駆ける魔獣を見ると、弓を仕舞い腰の得物を抜く。

柄の短いハンドアックスが二本。

横に振るわれた爪を掻い潜り膝に叩きつける。

側面から砕かれ悶えるように魔獣が地に転がる。

それにとどめを刺す間もなく突っ込んできた二匹目の攻撃を、バックステップで避ける。

続けざまに振るわれる爪を何とか躱すが、体勢を崩してしまった。

体力も、身体強化の魔力も乏しいためだ。

生まれた隙に魔獣の蹴りが叩き込まれた。

「…………っ!!」

声すら出ないほどの衝撃を受けて吹き飛ばされた。

途切れそうになる意識を、歯を食いしばって手繰り寄せる。

折れてはいない。

咄嗟に胸鎧で受けたおかげで致命傷にはならずに済んだ。

しかし衝撃で武器を手放してしまった。

何よりもまず、立たなければ。

転がる勢いを使って身を起こすが、視界が定まらない。

頭を振って視界が戻った彼女の目に映ったのは――目の前で両の爪を左右から振りかぶる魔獣の姿だった。

――ああ、これは終わった。

諦観にも似た気持ちで首に迫る凶器を見つめる。

その瞬間、前触れもなく、狂爪が鈍い音を立てて止まった。

「……え?」

肩口のあたりで止まっている爪。

何が起きたのか理解ができずに、間抜けな声を出してしまう。

それは魔獣も同じようだ。
しきりに腕を動かして押し込もうとするが、爪はピクリとも動かない。
いったい、何が……。

「伏せろ！」

「っ！」
背後から聞こえた声。
その言葉の意味を理解するより先に体が動く。
彼女が伏せた瞬間。
先ほどの魔獣を上回る強烈な蹴りが炸裂した。
吹き飛んだ魔獣が地面に転がる。
蹴りを受けた胸はべっこりと陥没《かんぼつ》していた。
苦痛に魔獣がのたうち回る。
その体を蒼い刃が両断した。
上下に断たれた魔獣はしぶとく動いていたが、間もなく動きを止めた。
自分を助けたのは大柄な男だ。

引き締まった体に鋭い眼光。
珍しいことに両剣使いのようだ。
「無事か？」
「……なんとか」
男は肩越しにこちらを見て安否を問う。
両の肩口から血が流れている。
それを見てようやく理解できた。
男は後ろから駆けつけて、手甲で爪の先端部を受け止めたのだ。
本当にギリギリだったのだろう。
爪は男の肩にめり込んでしまったようだ。
血の量を見るに、深くもないが浅くもない。
一歩間違えば共倒れになりかねない狂行。
それを成した男は、こちらの返答を聞くと頷いて動き出す。
「借りるぞ」
言うや否や落ちていたハンドアックスを拾うと投擲《とうてき》。
盾剣士を囲んでいた複数の魔獣。
そのうちの一匹の頭が砕かれる。

不意の襲撃に生まれた隙をついて盾剣士が包囲を抜け出す。

それを確認するとこちらに手を差し出してきた。

「動けるか？」

「……まだやれる」

男の手を掴んで立ち上がる。

「いいガッツだ」

男はそう言って笑うと、三つも矢筒を差し出してきた。

「これは？」

「来る途中、中央の部隊から強引に借りてきた。あとで礼を言っておいてくれ」

「……助かる」

準備のいい男だ。

「援護を頼む。前は任せろ、一匹も通さん」

そう言うと彼は走り出した。

速い。

あんな武器を背負っているのに、なんという速度だ。

男は速度を緩めぬまま、仲間の盾剣士を包囲しようとする集団に突っ込んだ。

「吹き飛べ！」

速度も勢いもすべてを乗せた渾身の一撃。

両の刃が触れた魔獣すべてを完膚なきまでにバラバラにする。

炸裂音と共に魔獣の一角が吹き飛んだ。

「な、なんだぁ!?　新手か!!」

盾剣士があまりの事態に別の魔獣と勘違いしたほどだ。

血飛沫《ちしぶき》が収まるとそれが人間であることを認識する。

「あんたは？」

「傭兵だ。アランに依頼されてきた」

「なんで傭兵が!?　……いや、話はあとだ。ここが崩れたら討伐隊がやべえ、死ぬ気で守れ！」

「了解」

仲間が吹き飛んだ動揺から覚めた魔獣が襲い掛かる。

魔獣の攻撃に合わせるようにジグが双刃剣を振るう。

爪と刃が交差する。

動作は同じだが、結果は天と地だ。

魔獣の爪は砕け散って、体ごと蒼い刃に薙ぎ払われる。

対してジグの武器には外傷は見当たらない。

新しい武器の初陣にはちょうどいい。

その結果に口の端を吊り上げながら次の獲物に斬りかかった。

魔獣の攻撃を躱し、手甲で弾き、武器で逸らし、時に攻撃ごと叩き潰す。

相手の都合など関係ない剛撃が、紙切れのように魔獣を蹴散らしていく。

刃が高速で振るわれ蒼い軌跡を描く。

彼の間合いに入った魔獣が次々に刻まれていく。

弓使い達は、その光景を横目にしながらも、着実に自分の役割をこなしていた。

残り少ない魔力は温存し弓だけの迎撃。

側面に回り込もうとする魔獣を、的確に倒して包囲を妨害していく。

あの男の殲滅力は凄まじく、魔獣の注意を引いてくれているので、こちらに来ようとする魔獣はいない。

そのおかげで、固定砲台に徹することで戦闘効率が上げられる。

盾剣士はジグの戦いを見るなりサポートに回った。

盾で攻撃をいなしながら、こちらから視線を切った魔獣を的確に仕留める。

攻めきれず、しかし無視すると強烈な攻撃を仕掛けてくる盾剣士に、魔獣がどちらを注視すべきか迷う。

動きを止めてしまった魔獣を、防御ごとジグが蹴散らしていく。

「やはり人型は戦いやすい」

魔獣との戦闘経験が少ないジグであるが、人型であれば話は別だ。

同じというわけにはいかないが、関節や構造上、攻撃の仕方や角度・動き方はかなり近しいものになる。

人間とは違い、奇策で攻撃してくることもない。

ベテラン二人がフォローしてくれているのも大きい。

ジグは戦いやすい相手と、戦いやすい場を作ってくれる二人のおかげで、破竹の勢いで殲滅していった。

†

元々二人でじわじわと押されていたところにジグが加わったことによって、戦況は大きく傾いた。

冒険者達は自分の役割に徹することができるため、戦闘効率が向上したのが大きい。

ジグは剣を振るいながら冒険者たちの様子を横目で窺《うかが》う。

「ふっ！」

一呼吸で三射。

的確に放たれた矢は、横に回り込もうとする魔獣を射抜いていく。

何かしらの強化が掛けてあるのか、命中した矢は甲殻を砕いて痛手を与えている。

弓を横向きに、安定性ではなく速射性を重視した構えだ。

これが彼女本来の役割なのであろう。

前衛を頼みに場を制圧するような連射。

これに加えて、先ほどまでは魔術も使っていたというのだから、彼女の実力の高さが見て取れる。

視線を盾剣士に移す。

「おらぁ!!」

攻撃をいなされてつんのめった魔獣の首を剣が貫く。

盾を巧みに用いて複数の攻撃を凌ぐ彼も大したものだ。

あれほど引きつけていながら、傷らしい傷も負っていない。

それどころか業を煮やして隙を見せた魔獣を、最小限の動きで処理している。

「こっち向きやがれや！」

隙を見ると、離れた場所にいた魔獣に向かい、盾を握った腕を向ける。

内側に仕込まれていたスリンガーから、小型の矢が放たれる。

甲殻に弾かれてさしたる損害にもなっていないが、相手の注意を引くことができた。

言葉遣いとは裏腹にかなりの技巧派のようだ。

ジグが殲滅力に長けた攻撃型と見るや、即座にフォローに回る判断。

聞きしに勝る実力者達であった。

彼らが窮地に陥ったのは、相性の悪さゆえだろう。

「ふん！」

魔獣の突きを身をかがめて躱す。

そのまま立ち上がる勢いをつけて斬り上げ、反対の刃で胴を薙ぐ。

死体を蹴り飛ばして後続の魔獣にぶつける。

双刃剣を回転させ勢いをつけると、足の止まった魔獣を死体ごと叩き潰す。

肉片が飛び散り冗談のように血がまき散らされる。

凄惨な光景に怯み、動きの止まる魔獣を弓使いが射抜いていく。

そうこうしているうちに、随分と魔獣の数が減ってきたようだ。

本来であれば逃げ出しているはずの戦力差なのだが、彼らの習性のためか最後の一匹まで戦い続けるようだ。

「人間にもこれくらいの気概がある奴はそうはいないな」

しかし勝てないものは勝てない。

無情にも最後の一匹の胴体が吹き飛ばされた。

生き残りがいないか、まだ息のある魔獣にとどめを刺しながら確認していく。

一通り確認が終わるとようやく肩の力を抜いた。

武器の血を拭って刀身を見る。

相手の爪ごと叩き斬るような芸当もしたが、目立った傷は見当たらない。

軽く振って違和感がないことを確認する。

「なるほどな。高い金を掛ける価値はある」

魔獣の素材を使った武器の性能には舌を巻く。

この武器でさえ並よりやや上程度だというのだから驚きだ。

イサナの持っていた細身の武器、刀と言ったか。

いったいどれほどの性能を秘めていたのだろうか。

考えているジグに冒険者が近づいてきた。

「よぉ、助かったぜ」

「気にするな、仕事だ」

部隊はまだ魔獣と交戦しているが、それは討伐隊の仕事だ。

盾剣士はこちらに手を差し出す。

利き手を差し出すことに少し抵抗を覚えながらも握手に応じる。

「それだよ。仕事ってどういうことだ？　うちの大将に頼まれたって言ってたよな」

「ああ。お前たちの援護を頼まれた」

正確には護衛だが、彼らの自尊心を考慮した物言いにする。

「ってことは、向こうは問題なさそうなのか？」

「ああ。魔獣の発生規模は同じぐらいだが、優秀な魔術師が数人分の仕事をしてくれたおかげだ」

「そいつは運がいい。……おい、あんた怪我してるぞ」

「む？　そういえばそうだったな」

ここに駆け付けた時、今まさに首をとられそうな冒険者がいた。

倒すのは間に合わないと強引に割り込んだはいいが、流石にギリギリすぎた。

成功報酬は怪我次第というアランの言葉につい無茶をしてしまった。

手当てをするべく止血を始めるジグに、弓使いが近寄ってきた。

「傷見せて」

手当てをしてくれるらしい。

「ああ、すまんな」

「それはこちらのセリフ」

言いつつ傷の様子を見ると、水をかけて汚れを落として手をかざす。

彼女は治癒術も使えるようだ。

詠唱が始まりしばし待つと傷口を光が覆う。

それを見ているとこちらを見て弓使いが話しかけてきた。

「さっきはありがと。……私はリスティ」

「ジグだ。礼はいい、仕事だからな」

「それはそれ、これはこれ」

「ならこの手当でチャラといこう」

「足りない。一杯奢《おご》る」

「いや……」

「奢る」

「……分かった」

「うん」

半ば押し切られるように言質《げんち》を取られた。

流石は手練《てだ》れの冒険者、押しが強い。

それを見て盾剣士がカッカと笑う。

「負けたなジグ。俺はライルだ、よろしくな。……しかし傭兵ってゴロツキの集まりだと思ってたけど」

「ライル」

「あ……っと、すまん」

リスティに咎められて失言を謝る。

身振りで問題ないと返す。

「……あんたみたいな傭兵は初めて見たよ」

「こっちじゃそうらしいな」

「ジグはどこから来たの？」

「遠いところさ」

曖昧に答えてやり過ごす。

面倒ごとになっても困るので、海の向こうから来たということは隠すことにしている。

彼らも慣れたもので深くは聞いてこない。

「そういや向こうにいた優秀な魔術師って、もしかしてあんたの連れか？」

「ああ。知ってるのか」

「有名。期待の新人だってどこのクランも狙ってる」

「ただしおっかない男連れで、迂闊に手を出せないって噂までセットだけどな」

それでこそ初日に睨みを効かせた甲斐があったというものだ。

「噂には聞いちゃいたが、ここまでデキるとは思わなかったぜ。冒険者やった方が稼げるんじゃないか？」

「長く続けているからな、こっちの方が性に合ってる」

「そういうもんか」

「……これで良し」

話しているうちに治療が終わる。

肩をまわして調子を確認するが違和感はない。

「こっちはもう問題なさそうだから、戻って構わないぜ」

「そうさせてもらおう」

「リーダーによろしく」

「ああ」

二人に背を向けるとシアーシャのもとへ向かう。

道中に討伐隊を見ると魔獣の大群も大分数を減らしていた。

この分なら想定より早く終わりそうだ。

†

「あいつらは無事か!?」

ジグが左の部隊に戻るなりアランが詰め寄ってくる。

よほど心配したのだろう。

「落ち着け、大した怪我はなかった」

「す、すまない。……そうか、良かった」

「状況は？」

「こっちも片付いた。残るは岩蟲だけだけど、それももうじき終わる」

これ以上のイレギュラーはないようだ。

「こういうことはよくあるのか？」

「討伐対象以外が現れるのは珍しいことじゃないんだ。でも二つの群れが同時に発生したなんてことは中々ないはず。それも狂爪蟲の群れなんて聞いたことがない」

本来群れを作らない動物が、落ちこぼれ同士で群れるといった話は聞いたことがある。

しかし蟲が本来の習性に逆らってまで行動することなどあり得るのだろうか。

アランにその疑問を話したところ、彼も同じことを考えていたようだ。

「……どうにもきな臭いな。あとで皆とも話し合ってみるよ。ギルドに連絡して、場合によっては中断もありうるかもしれない」

「分かった」

「それと改めて、仲間を助けてくれてありがとう」

「報酬には期待している」

「勿論さ」

アランと別れてシアーシャのもとに向かう。

大群の討伐も終わったようだ。

あたり一面ひどい有様だ。

そこら中に魔獣の死骸がひしめいていた。

魔術師たちがその死体に火を放ち後始末をしている。

その中にシアーシャを見つけたがまだ仕事中のようだ。

自分の荷物を探り、終わるのを待つ。


「……終わりましたー」

「ご苦労様」

あれだけの死体だ。

時間がかかったようで疲れが見える。

「本当に疲れました……倒している間の方がずっと楽でしたよ。臭いのなんのって……」

「後始末が大変なのは人も魔獣も一緒か」

ぼやく彼女に水とパンを渡す。

保存の利く硬いパンだがジャムが塗ってある。

「ありがとうございます……あぁ、甘さが体に染みる……」

戦場での食事は士気に関わるため、できるだけ心を満たせるように工夫すると兵が長持ちする。

身をもってそれを知っているジグは、マメに準備をしていた。

人心地ついたところで隊が集まった。

今日はここまでのようだ。

配置を整えると野営場に帰還する。

道中も警戒は怠らなかったが特に何も起こらず仕舞いだった。

†

野営地では各人が思い思いに疲れを取っている。

とはいえできることなど限られているので、食事をしながら談笑している者が大多数を占めるが。

ジグは食事を済ませると武器の手入れを始めた。

それをシアーシャが何とはなしに眺めていた。

「新しい武器の調子はどうですか」

「想像以上にいいな。武器の損耗《そんもう》をある程度考慮しなくてもいいのが、これほど楽だとは」

上機嫌で手入れしているジグを見て、シアーシャが微笑む。

焚火に照らされた白い顔に赤い唇が艶《なま》めかしい。

周りの冒険者が思わず喉を鳴らすほどに魅力的であったが、武器に夢中なジグは気づかない。

あれほどの上玉を侍らせている男に、嫉妬や羨望の視線が集中する。

きっと夜もお盛んなのだろう。

女の嬌声《きょうせい》を想像して男たちの息が荒くなる。

そんな彼らとは裏腹に話すのは仕事のことだ。

「今日のこと、どう思う?」

「狂爪蟲の生態から言うとまずありえないですね。外的要因があるのは間違いないでしょう」

既に魔獣図鑑を始め、数多の書物を読みふける彼女は、歩く図書館だ。

魔女のなせる業か、単に彼女の才能なのか。

いずれにしろ知識だけなら、ベテラン冒険者もかくやというほどだ。

「外的要因か……大物に追い立てられたとか?」

幽霊鮫の時を思い出す。

「それだと群れを作る説明がつかないですよ。もっとこう、本能を無視するほどの何かがあると思うんです。何かしらの方法で操られていたとか」

「しかし奴らから魔術の匂いは感じなかったぞ」

「そうなると薬品か何かかなぁ……でもあんなにたくさんの魔獣にどうやって？　そもそもメリットがなさ過ぎるし、実験にしてもあんな微妙な魔獣よりもっと扱いやすくて、戦力になりそうな魔獣はいるのに……」

うーんと唸ったまま考え込んでしまうシアーシャ。

「明日もあるんだ、その辺にして今日は寝ておけ」

「はい。見張りの交替は……」

「今日はいい」

「……分かりました、お願いします」

当然シアーシャは夜通し見張るというジグに反対しようとした。

しかし彼の顔を見ると何も言わずにテントに入った。

「…………集団行動も善し悪しだな」

先ほどから、男たちがシアーシャに向けている視線に、危険なものが混じり始めている。

それに気づいたからこそ彼女を隠したのだ。

人目がなくなれば何をするか分からない。

危険なのは彼女ではなく、男たちの方だというのがジグのやる気を著《いちじる》しく削ぐ。

その虚しさと闘いながら夜を明かした。

†

空が白み始めた頃にシアーシャを起こす。

朝の弱い彼女だが、状況のためか普段よりすんなり目が覚めたようだ。

身支度を整える彼女に、手ぬぐいと水を入れた桶を手渡す。

「ジグさんて結構綺麗好きですよね。傭兵ってあんまりそういうの気にしないイメージがありました」

「不潔だと長生きできんからな。イメージとしては間違ってはいないが」

戦場で傷口が汚れたのをそのままにして、戦いが終わった後に腕や足を失う者も少なくない。

「それに身綺麗にしておくと、それが理由で依頼が来ることがあるんだ」

過去何度か護衛・護送依頼などを受けた際に〝臭くないから〟という理由で雇われたことが本当にあった。

仕事の内容次第では、それ相応の身だしなみを求められることも多い。

「傭兵といえど、腕さえよければ他はどうでも良いとはならないものさ」

「なるほど……あれ、よいしょ……むむ」

テントの中で体を拭いているシアーシャが、何やらゴソゴソしている。

「どうかしたか？」

「狭くて背中が上手く拭けなくって……ジグさん手伝ってください」

「…………」

また無茶を言う。

彼女は他人と関わってこなかったからか、どうにもこの手の言動に問題がある。

他所でやって誤解を与える前にどうにかしなければ。

そう思いはするものの、どう教えたものかと悩むばかりであった。

「ジグさーん」

「…………分かった分かった」

嘆息しながらテントに入る。

白い背中が目に入る。

長い黒髪を肩から前に垂らしてこちらに背を向けている。

女性特有の香りが鼻腔をくすぐる。

「お願いします」

差し出された手ぬぐいを受け取り桶で絞る。

加減が分からないので肌を傷つけぬように丁寧に拭いていく。

「どうだ？」

「もう少し強くても大丈夫ですよ」

ジグは決して不能ではない。

欲求の順位が低いだけで性欲はあるのだ。

また近頃ご無沙汰だったために、これは少し揺さぶられるものがあった。

ジグは一点を集中して見ずに全体をぼんやりと見た。

艶かしい背中ではなく体の輪郭を広く捉える。

自分の腕すら何処か遠く眺めるような心持ちで手を動かした。

観の目と言われる技法を用いて己の情欲を宥《なだ》め賺《すか》す。


「……終わったぞ」

「ありがとうございます」

手ぬぐいを渡すと素早く背を向けてテントを出る。

人知れず呼吸を整えると、平静を装いつつ声をかける。

「シアーシャ、こういったことはあまり男に頼むものではないぞ」

「分かってますよー」

軽い返事にどうにも不安になる。

彼女のことだから男にいいようにされることはないだろうが、いらぬ面倒にならないか心配だ。

準備の終わったシアーシャと朝食を済ませる。

そうして集合時間に集まったところで、アランたちからの説明を聞く。

「先日は皆ご苦労様。不測の事態も起きたが大した怪我人も出ずよくやってくれた」

アラン達の奮闘のおかげで、討伐隊に狂爪蟲が接触することはなかったようだ。

もし横から奇襲を受けていたら、その対処に追われるうちに正面の岩蟲に蹂躙《じゅうりん》されていただろう。

「このことについてギルドに異常を報告した所〝必要十分な数は討伐したと判断。周辺を偵察後帰還せよ〟との指示が出ている。昨日と同じ場所まで探索後、そこから撤収する予定だ」

アランから通達された情報に、冒険者たちがわずかにざわつく。

どうやら昨日の異常は、それほどの事態のようだ。

「探索とは別に調査のため魔獣の死骸を回収する。回収班はこちらで指定させてもらう。その他は……」

その後もアランがいくつか指示を出した後に出立した。

同じ道を討伐隊が進む。

昨日のこともあり皆警戒しての探索だったが、拍子抜けするほど何もなく現場に着いた。

アランたちと他十人ほどの冒険者が、比較的状態のいい魔獣の死骸を見繕っている。

ちなみにジグの倒した魔獣は損傷が激しく、原型をとどめていないものが多いため調査の役にはたたなかった。

残りの者は周囲を調べて、魔獣の群れの残りを捜す。

ジグはシアーシャに付いて周囲を警戒していた。

その際、狂爪蟲の死体を見つけたので、シアーシャと調べてみる。

「やっぱり魔術らしき痕跡はありませんね。おかしなところも特には…………あれ、これなんでしょう」

「何かあったのか？」

彼女の視線の先を見ると、魔獣の後頭部から何かが生えている。

小さな突起のようなそれは、先端部に黒っぽい実のようなものが付いていた。

「なんでしょう、あれ」

「分からんな。もとから付いていたようには見えないが」

「昨日戦った時はどうでした？」

「……いや、覚えていないな。迂闊に触るなよ、毒かもしれん」

「はい」

戦っている最中にそこまで観察はしないし、見たとしても記憶には残らないだろう。

彼女はそれが妙に気になるようで、他の死体も調べ始めた。

いくつかの死体を調べたところ、すべての魔獣にその突起らしきものが生えていることが分かった。

「……なんだこれは。普通じゃないぞ」

「甲殻を突き破って出ている所を見るに、元々生えていたわけではなさそうですね。おそらくですが、これが異常行動をとった原因かもしれません」

「可能性は高いな」

「アランさんに伝えましょう」

シアーシャは、死体を布で包んでいるアラン達のもとへ向かうと事情を説明した。

報告を受けたアランたちは、すぐに死体を見て他の個体にも同じものがあることを確認すると、周囲の冒険者に注意を促した。

「突起物には決して触れないように。運ぶ者は目鼻と口を覆い、死体には直接接触しないように気をつけてくれ」

その情報を聞いた回収班は非常に嫌そうな顔をしたが、今更仕事を放り出すわけにも行かない。

各々で極力、体の露出部分を減らして、死体を運び始める。

貧乏くじを引いた彼らには悪いが、自分たちでなくてよかったとジグたちは胸を撫で下ろす。

「雲行きが怪しくなってきたな……」

「でも楽しくなってきましたね！」

「そうか……？」

彼女はこのトラブルも楽しんでいるようだ。

冒険者稼業を始めてからというもの、トラブルが起きた時は美味しいことも同時に起きていたせいがあるかも知れない。

ジグとしてはイレギュラーが起きるのは勘弁なのだが。

結局ギルドに着くまでもこれといったことは起きず、無事に帰還することができた。

アラン達は諸々の報告のため奥へ案内されていった。

討伐隊の一行は受付へとぞろぞろ並び始める。

これだけの人数がすんなりと進むはずもなく、待ち時間も長そうだ。

そう思っていたのだが、その日は簡単な報告と後処理を済ませると帰ることができた。

帰り道にシアーシャが受け取った報酬を手で弄《もてあそ》びながら歩く。

「疲労も溜まっているし怪我人もそれなりに出ているので、詳しい報告は後日ですって。あ、アランさんたちはそうもいかなかったみたいですけど」

前を行く彼女の揺れる黒髪を眺めながらジグがふむ、と頷く。

シアーシャはともかく、剣士と比べ体力のない魔術師が主力の作戦だったので無理もない。

あれだけ大量に魔力を使えば普通は疲労困憊となるらしい。

ジグたちもそれなりに疲れたので、その日は途中で簡単な食べ物を買って宿で済ませることにした。

宿に戻り食事をとりながら今後の予定を話した後、明日に疲れを残さないように早めに就寝する。

「……ん？」

部屋に戻ろうと扉を開けた時、何かがジグの視界の端に映る。

「ジグさん、どうかしましたか？」

同じく戻ろうとした隣の部屋からシアーシャが顔を覗かせている。

「……いや、気のせいだ。おやすみ」

「はい、おやすみなさい。ふふっ」

ただの寝る前の挨拶。彼女はそれをとても素敵なことのように口にして扉を閉めた。

ジグはそれを見届けた後、自分の部屋に入っていった。

五章

過去と現在《いま》

WITCH AND MERCENARY

その日の夜。

ジグはむくりと起きると、窓の外を見た。月の明るい、静かな夜だった。

ベッドから起きると身支度を整えて部屋を出る。

「……」

隣の部屋……シアーシャが寝ているはずの部屋。その扉をちらりと見ると、無言で背を向ける。

宿を出ると郊外へ歩を進める。その歩みはゆっくりとしていて、目的地などないかのようだ。端から見れば深夜の散歩にしか見えないだろう。

街は静まり返っており、人影はない。たまに道端に酔っ払いと思しき男が酒瓶を抱えて転がっているくらいだ。

繁華街を抜けると裏道を通って街の外れまで行き、そこで足を止めた。

「このあたりでいいだろう」

周囲に人影はなく、ジグの声だけが響いた。

声がしてしばらくすると、納屋の陰から一つの足音が聞こえた。

月明かりのもとへ一人の男が姿を現す。

茶色の髪を少し長めに揃えた気障《きざ》な男。体格はジグに比べると劣るが、鍛えこまれた肉体は小柄であることを感じさせない。

若く見えるが、その実ジグより十ほど歳上なのは納得がいかないと前々から思っていた。

「月の綺麗な夜だな。……久しぶりじゃないか、ジグ」

「ライエル」

その名を呼ぶジグの口調には何の感情も窺えない。

ライエルと呼ばれた男はジグの相変わらずの仏頂面に苦笑した。

ライエルとは以前所属していた傭兵団の頃からの付き合いだ。ジグが拾われた頃に丁度その面倒を任されていた新米傭兵だった。

「お前も調査隊にいたとはな」

「先遣隊の方さ。お前も見ただろう？　あの地獄を。逃げてくるのがやっとだったさ」

そう言って肩をすくめるライエル。

ジグはそれに答えず懐から見慣れた徽章《きしょう》を取り出す。鷹を模したその徽章は以前ジグもつけ

ていたものだ。

「それ、落としていたんだな」

返そうとしたジグに身振りで必要ないとライエル。

「抜けたのか？」

「そう言うわけじゃないが……もう、帰るのは無理だろうからな」

遠い目をしたライエルが月を見た。

確かにこちらの造船技術がどの程度かは知らないが、あの化け物がうようよいる海を越えられる船を造れるとは思えない。

「それで、何の用だ？」

誰かがこちらを探っていたのは気づいていたが、先ほど宿の扉に挟まれていた手紙が来なければこうして会おうとはしなかっただろう。

ジグに問われたライエルが月から視線を移す。髪と同じ茶色の瞳がジグと交差した。

（……変わったな）

何となくそう感じた。

彼は昔から陽気で、苦しい状況でも笑いを絶やさないようにしていた男だった。このような、荒《すさ》んだ眼をしていなかった。よく見れば頬もこけ、目は疲労で曇っている。

「何なんだろうな、ここは」

ジグに語り掛けるというよりは、独白のようにライエルが呟く。

「誰も彼もが魔術なんてわけの分からないものを当たり前に使えて、それを疑問にも思っていない。火や氷が何もないところから出るんだぞ？　おかしいと思わないのか？」

「……そういえば、そうだったな」

ジグは今更それに気づいたとでもいう風に顔を上げた。彼の言うことは当然の疑問で、ジグ自身はじめはそう思っていたはずだった。

いつからだろう、それを気にもしなくなったのは。

魔女が隣にいたからか、それとも気にする暇もないほど忙しかったからだろうか。

自問するが答えは出ない。

「極めつけは魔獣だと？　あんな化け物がその辺を闊歩《かっぽ》していると知った時は……恥ずかしながら、泣き喚《わめ》いちまったよ。最初に上陸した時、でかいミミズみたいな化け物に地面の中へ引きずり込まれていった仲間たちの顔がさ……忘れられねえんだよぉ……」

顔を片手で隠すと消え入るような目をジグへ向けた。

「お前もこっちにいると気づいた時はさ……正直、救われたって思ったよ。お前は若い頃から団でも強かったからさ。初めは、剣に振り回されてた目つきの悪いガキだったたってのによ……二人なら、やっていけるかもしれないって、さ」

そう言いながらもライエルの目に宿っている色は、希望とは程遠いものだった。

「……最初はお前がいると気づいた時すぐに会うつもりだった。お前は目立つから、情報を集めるのは難しくなかったしな……こんなイカレた場所でも、お前はうまくやっていると知った時は……正直、嫉妬すらしちまった」

そういって薄く笑ったライエルの表情が険しくなる。

「だが、お前と一緒にいた女を見て考えが変わった。――――お前、何を連れている？」

質問ではなく、詰問。

先日、武器を新しくした帰り道に感じた視線を思い出す。

「……」

鋭い口調で発せられるライエルの問いにジグは無言を返した。

それだけで答えを知ったライエルが、正気を疑うかのような視線を向けてきた。

「眼を見ただけで分かる。あれは……魔女だろう」

ジグが一目でシアーシャの異常性に気づいたように、ライエルもまた彼女の正体に気づいた。こちらの人間は魔力のせいかどうにも鈍いが、生物としての格の違いをひしひしと感じるのだ。

「お前はなぜアレと一緒にいて平気なんだ？」

「依頼主だからな」

ジグの端的な答えにライエルが目を剥いた。ため息をついた彼が頭痛をこらえるように額に手を当てた。

「……お前、仕事は選べと教えただろう。なぜそんな仕事を……いや、その前にどうやって魔女と出会った？」

「仕事内容をペラペラ話すなと、教えてくれたのはあんただ」

彼には基礎的な傭兵としての知識を教わることもあった。それは教えることでまだ新米だった分の知識を確認する意味合いもあったのだろう。

徽章を掌で弄びながらにべもなく返すジグ。

ライエルはその態度に、何か言えない事情があるのだと深読みをした。

「……なあ、脅されているのか？　俺も手を貸すから、あの魔女からは逃げ――」

「そうじゃない。そうじゃないんだよ、ライエル」

ジグは昔の、子供の頃を少し思い出しながらそう言った。

「助けてほしいといわれたから、助けた」

彼はきっと、本気でジグを心配しているのだろう。だが、そうではないのだ。

「俺は自分の意思で、魔女の依頼を受けた。それだけだ」

二人の間に沈黙が落ちる。

「……そうか」

ややあって、深いため息をついたライエルがゆっくりと腰を落とした。

「どうあっても、魔女は認められないか？」

「……俺の家族は、魔女に奪われた。それを知っているお前が、聞くのか？」

怒りと悲しみがないまぜになったような顔をしたライエルが、声を絞り出す。

「あの魔女がやったわけではない」

「そんなこと関係あるかっ！　魔女はその存在自体が危険な化け物なんだよ、どうして分からねえんだ……！」

感情を爆発させたライエルが喚く。

かつてライエルから聞かされた魔女の所業。

彼が幼い頃、同じ年頃の子供たちと村の外へ遊びに行った時のことだ。

親の小言を聞き流しながら仲間たちと近くの丘まで登り、一日中遊んでいた。

そろそろ小腹も空いてきたという頃、地響きと共に何か大きな音がした。

不安になった彼らが村まで戻り目にしたのは、鉄砲水に押し流された村の残骸《ざんがい》だった。

雨も降らない晴天続きだったにもかかわらず、突如として水位を増した川。

建物も人も、全てを等しく塵芥《ちりあくた》として押し流していく不自然な自然の暴威《ぼうい》。

帰る場所と家族を一度に失った子供たちは絶望し、途方に暮れた。

そうしてあてどなく放浪していたところを傭兵団に拾われたと、酒に酔った彼から聞いたことがあった。

「間違いない……あれは魔女の仕業だ」

何一つ証拠はない。ただあまりにも不自然な事象を〝運が悪かった〟で済ませられるほど、彼の受けた傷は浅くはなかったのだ。

そしてそんな話が、あの大陸ではいくらでも転がっている。

だからこそか、彼の魔女への憎しみは想像以上で、もはや理屈などないのだろう。

「なあ……本気で化け物と和解ができると思えるほど、お前は分別がつかなくなってしまったのか？」

徽章をしまったジグがライエルを見た。彼は長剣を抜くと、その切っ先をジグへ向ける。

ジグはため息をつくと、向けられた剣の切っ先を真っすぐに見返す。

「化け物か。俺もお前も、そんなものは戦争でいくらでも見てきただろう。知っているはずだ。人が化け物になるのに、特別な理由など必要ないことを。わざわざここまで逃げてきた者くらい、そっとして置けないのか？」

「肉食獣とその獲物が同居できるとでも？　お前やっぱりおかしいよ。いつからそんなに現実味のないことを言うようになっちまったんだ……あの魔女に、何かされたんだな？」

どうやら説得は難しいらしい。ジグの蛮行を魔女に操られていると思っているようだ。

「魔女に妙な術を掛けられちまった弟分の目を、覚まさせてやるのも俺の仕事か」

戦闘態勢に移ったライエルがじりじりと間合いを詰め始めた。

「……」

ジグは無言で双刃剣を抜くと、かつて共に戦った彼へと刃を向ける。

「……腕の一本は覚悟してもらうぞ。安心しろ、こっちじゃ腕をくっつけることだってできるらしいぜ？」

「そうか」

彼がシアーシャの正体を知って、害意を抱いているのならば自分のやることは一つだ。一応説得は試みたが、やはり無理だった。

「……そうか」

双刃剣の持ち手を強く握る。

思うところがないわけでは……ない。

敵味方が日々変わる傭兵といえど、同じ団員同士で殺しあうことなどそうそうない。ましてや世話になった相手となど。

「ならば……仕方がないな」

だがその程度で揺らぐ段階は、とうの昔に過ぎた。

瞬き一つで意識を、状況を更新する。

対峙する相手をかつての仲間から、殺すべき敵へと。

「こうしてお前と剣を合わせるのはいつ以来だろうな」

肩口で構えた長剣は揺るがず、足運びで上下することもない。ジグのよく知る、傭兵団で教えている基本の構えを忠実になぞっている。

「さてな」

懐かしさすら覚えるそれに目を細めた。

間合いを測るライエルとジグを月明かりが照らす。

その月を雲が遮り、辺りを闇が覆った瞬間、二つの影が交差した。

交わったのは一度だけ。長引かせるつもりのない決死の交錯《こうさ》は、付き合いの長い二人ゆえの言葉すら交わさぬ伝心。

甲高い音とともに砕け散る鉄片が、再び差した月明かりを受けて輝いている。

遅れて噴き出した鮮血がジグを真っ赤に染める。

「……あ」

ジグの蒼い双刃剣はライエルの鉄剣を枯れ木のように打ち砕き、その腹部の大部分を消失させていた。

「……は、はは、は。強く……なったな、ジグ……」

敗者の賛辞をその血と共に受ける。

「……ああ」

避ける素振りも見せずに返り血を浴びたジグが静かに頷いた。

ライエルはなくなった部分を見ると、足から力が抜けるように倒れた。その体から急速に熱が失われていく。

「……碌《ろく》な死に方、しないとは思っちゃいたが……こんな、わけの分からん場所で……とはな」

笑おうとして咳き込み、血の塊を吐き出す。

内臓ごとごっそりなくなった腹部は見るまでもなく致命傷。如何《いか》に回復術があっても助からないだろう。

「……墓には、何と刻む？」

薄れゆく瞳の光を見逃さぬようにジグが問う。

か細くなった呼吸のライエルは、血に塗《まみ》れたその顔を見て弱々しく笑った。

「……墓は、いらない。傭兵、なんてもんは……野垂れ、死ぬのが……お似合いさ」

「……そうか」

「……こん、ぁ……空でも……星は、かひゅっ……」

うわごとのように何かを呟きながら空を見た彼の目は、すでにジグを映していない。

「……ああ、帰りたい、なぁ」

その言葉を最後に、彼はその命を終えた。

ジグはライエルの目を閉じてやると、その手に落とした長剣を握らせる。

「……馬鹿なことを」


――勝てないと、分かっていただろうに。


ジグが彼を追い越したのは随分前のことだ。まだ傭兵団にいた頃のある日。あてがわれる稽古の相手が、ライエルから別の人間になった。

お互い何も口にはしなかったが、どちらも分かっていた。分かっていて、なお彼はジグに挑んだ。それが何を意味するのか、確かめることは永遠にできなくなってしまった。

「だが、それでも」

立ち上がると背を向ける。

そのまま立ち去ろうとしたが、ふと何かを思いついたジグは懐から団の徽章を取り出すと、ライエルの胸の上に置いた。

「お前の屍《しかばね》、跨《また》がせてもらうぞ」

かつての仲間だろうと、立ち塞がるのならば躊躇いはしない。

頬に付いたライエルの返り血を拭うと、赤く塗れたその手を握って、開く。

そうしてジグは死体を跨ぐと、二度と振り返ることなく月明かりを背に夜闇に消えていった。

†

翌日、二人は先日の報告と成果を加味した追加の報酬を受け取りにギルドへ来ていた。

分かれるといつも以上に冒険者でごった返す受付が見える場所に座る。

ジグに昨夜のことで思い悩む様子は微塵もない。彼にとっては既に終わったこととして処理されている。

今、考えているのはこれからのことだ。

これで恐らく八等級に昇級できるだろう。

冒険者としてはまだまだだが、一般的に見れば相当に早い昇級だ。

今後のことを考えると、そろそろパーティーを組むことを視野に入れなければならないのだが。

「俺の扱いが難しいな」

冒険者でもない男を連れている彼女を、パーティーに加えるのに難色が示されるのは当然だ。

ジグはシアーシャの護衛であって、有事の際には彼女を優先する。

いざという時に頼れない人間を、身近に置いていい顔をする人間はいないだろう。

しばらくそうしていると、いつの間にか時間が立っていたようだ。

どうしたものかと考えていると、誰かの気配を感じて顔を上げる。

ゆったりとした足元を隠す独特の衣装に身を包んだ白髪の女。

「聞いたわよ。また何かあったんだって？」

「……はぁ」

イサナ＝ゲイホーンが断わりもせずに正面の席に腰を下ろした。

またしても面倒の種が近づいてきたことに、ため息を隠しもしないジグ。

「ちょっと、なによ。人の顔見るなりため息ついて。……何かあった？」

「……何でもない。で？　何の用だ」

ジグの塩対応にイサナが口を尖らせた。

「用がなきゃ話しかけちゃいけないの？」

「面倒臭い小娘かお前は。いつまで思春期のつもりだ」

容赦のない口撃にイサナが怯む。

しかしすぐに気を取り直すと不敵に笑う。

「……そんな態度取っていいのかしら？　あんたが欲しがるであろう情報を持ってきてあげた

っていうのに」

「魔獣の群れのことか？　それなら後でアランに聞くから別に構わん」

想定外の返答にイサナが目を瞬かせる。

「あんた彼らとも関わりがあるの？　意外と顔が広いわね……」

「話す気がないならお引き取り願おうか」

イサナといると悪目立ちするのであまり一緒にいたくない。

現に今も冒険者たちがチラチラとこちらを窺っている。

「分かったわよ……調査員たちによると、あれはキノコの一種らしいわ」

「キノコ？」

予想外の単語にジグが首をかしげる。

「とてもそうは見えなかったが」

「キノコってものすごい種類があって、見た目も千差万別。まだまだ未発見のものも多いそうよ」

ジグもかつてキノコについて調べたことがある。

有事の際の食用に使えるかもしれないと考えたのだ。

しかし出た結論は〝もうそれを食べるしか生き残る道がない場合にのみ手を出す〟というものだった。

調べれば調べるほど毒をもつ種類が多く、たちの悪いことに食用と非常に似通った毒キノコも数多く存在することが判明したためだ。

猟師などのベテランですら間違えて命を落とすことがある。

片手間で覚えられる知識ではないため、野生のキノコには手を出さない方がいいという教訓のみ得るに終わった。

「虫の体を苗床にして繁殖するキノコなんだけど、特徴的なのが〝宿主の体をある程度操ることができる〟ってところね」

このキノコに寄生された虫は同族が多くいる場所を探す。

宿主が死亡した際に体を突き破り、先端の胞子が詰まった袋を弾けさせる。

その胞子がまた次の宿主の体に付着して勢力を拡大させていく。

どういった理由か、このキノコに寄生された虫は同族に襲い掛からない。

それ以外は普段と変わらずに行動するため、繁殖や狩りなども行われるそうだ。

「……おい、大丈夫なのかそれ。回収班とかまずいんじゃないのか」

「人間には寄生しないそうよ。それどころか虫なら何でもいいわけじゃなくて、同系統の虫同士でしか寄生できないみたい」

特異な能力故か、有効な相手も限られているということだろうか。

「なるほどな。それであの大群か」

「あんたもツイてないわね」

イサナがカラカラと笑う。

目下最大のツイていない案件である当人が、何を言っているのだろうか。

「用件は終わりか？　よし帰れ」

「なんでそんなに邪険にするのよ。情報話したんだからちょっとは付き合いなさい」

仕方がない。

人間に害のないモノだというだけでも役に立つ情報ではあった。

シアーシャが戻るまでは相手をしてやるか。


「あんたの戦い方って我流？」

ナッツを摘まみながらイサナが尋ねてきた。

居座るつもりのようで飲み物まで頼んでいる。

「経験を積んで今でこそ我流になっているが、もとはどこかの国の軍隊式槍術だったらしい」

「あんた軍人だったの？」

イサナが驚きのあまり身を乗り出す。

「俺ではない。昔所属していた傭兵団の指導役がそうだったらしい。駆け出しの俺に一通りの武器の扱いを教えてくれた人だ」

「そういうことね。あんたの師匠か……強いの？」

イサナの質問にジグは考える。

少し昔を思い出すように目を細めた。

「そうだな……接近戦でなら、今の俺でなんとか互角といったところか」

「……は？」

「だがあの人は用兵技術も一流だったからな。頭も切れて見聞も広いし、総合評価では勝ち目はないな」

「うっそでしょ………」

彼女も相当な実力者で、自分の腕にもそれなりの自負があるだろう。

しかし世界の広さにイサナが天を仰ぐ。

それを見ながらジグは、久々に思い出した師のことを考える。

今思えば実力、知識共にただの一兵卒とはとても思えない。

どこぞの大国の将軍だったのだろうか。

今となっては知る由もないが。

「体が大きくなり、力がついていくのにつれて武器が変わっていった。槍から斧槍《ふそう》、双刃剣とな」

「なるほどね」

彼女の好奇心を満たせたようだ。

ジグもこの際、気になっていたことを聞くことにした。

イサナの笹穂耳を指さす。

「お前のその耳について教えてくれ」

「……何が知りたいの」

耳について聞かれると微妙な表情をする。

あまり話したくないことのようだが、先に聞いてしまった手前、断りにくいのだろう。

「耳がいいのは知っているが、具体的にどのくらいまで聞こえるんだ？」

「そうねえ……」

ジグの質問に答えずイサナは周囲を見回す。

そして、ある場所を指さした。

見ると受付に並んでいる男たちが、シアーシャの様子を窺っている。

三人が三人とも前衛の装備をしている。

イサナの耳がわずかに前に傾く。

「やっとこれで昇級できる」

「結構かかっちまったな。やっぱり術師が欲しいぜ」

「……なあ、あの子誘ってみねえか？」

当然男たちの声が聞こえる距離ではない。

イサナが男たちの会話を口に出しているのだ。

距離も、周囲の雑踏もある中でこれほどの精度で聞き取れるとは。

「すげえ美人だしかなりの有望株らしいぜ」

「……確かにいいな。でも確か男連れじゃなかったっけか？」

「むさくるしい男はもういらないんだよなぁ……どうにかあの娘《こ》だけ誘えないものか」

「やめとけ。理由は分からんが、男には手を出すなってうちの古株に釘刺されてんだよ」

「なんだそりゃ。そいつになんかあるのか？」

「噂だが、結構強いコネがあるらしいぞ。アランさんとも話してるのを見かけたことあるし、あのイサナさんとも繋がりがあるらしい」

「……おい、あいつ、その男じゃないか……？」

一人がジグたちに気づいたようだ。

他の二人がこちらに振り向く。

ジグとイサナが二人でいるところを見て、先ほどの噂が真実味を帯びる。

「マジで一緒に居るぅ!?」

「バカ、目ぇ合わせんな！　いくら長耳付きでもこの距離なら聞こえてねえはずだ！」

「白雷姫を敵に回すとクランからも追われちまうぞ……」

どうでもいいがイサナは割と演技派のようだ。

男たちの感情に合わせて口調も変えている熱演ぶりだ。

男たちはそれきりこちらを振り返らず、シアーシャの方を見ようともしなかった。

「……と、まあこんなところね」

「大したものだ。聴力だけでなく聞き分ける能力も高いのか」

「そこは長年の経験ね」

得意気にしている。

耳のことを聞かれるのは嫌そうだったが、褒められて満更でもなさそうだ。

しかし先ほどの男が口にした長耳付きという言葉。

それを口にした時のイサナの表情を見るに、あまりいい使われ方ではないようだ。

彼らにはその気はないかもしれないが、言われる方は案外気にしているものだ。

「しかしイサナよ。随分怖がられているようだが、何をやらかしたんだ？」

「失礼な。私が誰彼構わず斬りつけてるとでも思っているの？　……あんたの時は例外よ」

「それにしてはあいつらの反応が過敏じゃないか？」

「それは……」

彼女は言いづらそうに視線を逸らす。

その時の表情からは、やらかしたことに対する気まずさより、どうにもならないことへのやるせなさを感じた。

「まあ、そのあたりはどうでもいいか。小物を散らすのには役立つしな」

「……人を虫除けみたいに使うんじゃないわよ」

戦争にこそ発展しないだけで、どこの国でも他の種族に対する風当たりは変わらないようだ。

むしろ表立ってやり合わない分、より根が深い問題なのかもしれない。

「あんたはああいうの止めなくていいの？」

先ほどの男たちのことを言っているのだろう。

「俺の仕事はあくまで護衛だ。下心で誘おうが害がないのなら本人に任せるさ。邪魔になるようなら対応を変えるが」

「ふーん。パーティー組む気はあるんだ」

「今はいいが、これから先、俺たちだけでなんとかなるとは思えないからな。今、それで少し悩んでいる」

イサナはジグの悩みに思い当たると微妙な顔をした。

「まあ、確かにちょっと嫌よね。護衛付きの冒険者と組むなんて」

「離れたところからあとを付けることも考えたんだが……」

「やめなさい、通報されるわよ」

「だよな。何かいい手はないか？」

ジグの相談に少し考える。

「あくまで助っ人として参加するのはどう」

「……どういうことだ？」

彼女が言うには、パーティーを組むのは大別して二つのパターンがある。

仲間として長期に渡り組む人間を集めるパーティー。

基本的にはこちらが主流で、そのパーティーがさらに集まったものをクランと呼ぶ。

もう一つは目的が同じ時にのみ組む臨時パーティー。

通称、助っ人だ。

こちらは仲間が負傷したが代わりがいない、術師が必要だがいない時などに一時的に組む。

メリットは後腐れがないこと、報酬が明確に提示されていて揉めないこと。

デメリットは急ごしらえの連携しかできないこと。

また助っ人の実力や人柄など、実際に見てみないと分からないことが多いのにも不安が残る。

「私は基本一人だけど、大物をやる時には他と組むこともあるわ」

彼女のような実力がはっきりしている者ならば、必要に応じて手を組むことは十分なメリットになりうる。

「冒険者の傭兵版みたいだな」

しかしそんな方法もあるのか。

試してやるには悪くなさそうだ。

他人と合わせる練習にはちょうどいいかも知れない。

「流石は大先輩だな」

「そうよ、もっと敬《うやま》いなさい。自分で言うのもなんだけど二等級ってすごいのよ？」

「そうらしい。とは言っても俺には関係ないしな」

話が一段落着いたところでシアーシャが戻ってきた。

「イサナさん、こんにちは」

「こんにちは。順調みたいね」

「はい、つい先ほど八等級に上がりました」

「早いわね……急に上がっても相手を見誤らないようにね。保険はいるから大丈夫でしょうけど」

そう言ってこちらを見やるイサナ。

無言で肩をすくめる。

「気をつけます。そうだジグさん、アランさんが呼んでましたよ。このあと食事でもどうかって。報酬を渡したいのと、一杯奢る約束がどうとか」

「そんな話もあったな」

あの弓使い……リスティといったか。

律儀なやつだ。

ジグが席を立つ。

「私もそろそろ帰るわ。精々気をつけなさい」

イサナが裾を翻して歩いて行った。

ゆったりと、しかし遅くはない歩み。

ジグがその足元を見つめている。

「……ジグさんはああいうのがお好みで?」

それに気づいたシアーシャ。

ジグは目を逸らさぬまま頭を振る。

「あの服のせいで時間がかかったが、ようやくあいつの歩幅を掴んだぞ。意外と足が長いんだな」

「歩幅、ですか?」

「ああ。またあいつとやり合わないとも限らないだろう」

「……裏切ると?」

そうは見えませんでしたが、と続けようとするシアーシャ。

「あいつが裏切らずとも、戦う理由などいくらでもできるさ」

たとえ共に酒を酌み交わそうとも。

背中を預けて戦場を渡り歩こうとも。
それが刃を交えない理由にはならない。
「……私とも、ですか？」
それは自分ですら例外ではないのか。
分かりきった答えだ。
しかし問いかけずにはいられなかった。
それが彼女の、明確な変化。
「お前を護るのが俺の仕事だ」
答えになっていないようで、明確な答え。
しかし以前の彼ならどう答えていただろうか。
それが彼の、微かな変化。
――それを確認できただけでも、今は良しとしよう。

あとがき

本作を手に取っていただいた皆様、初めまして。作者の超法規的かえると申します。

「魔女と傭兵」お楽しみいただけたでしょうか？

書き始めたきっかけはそこまで大したことではなく、色んな作品を読んでいて自分ならこうする、こうした方が面白いのに、などよく考えておりました。それまではただ妄想するだけだったのですが、仕事が変わり時間に余裕ができたので行動に移したのです。

無敵と言うには程遠く、胸がスカッとするような復讐劇もなく、女の子たちにちやほやされることもない、泥臭くて淡々としたところの多い本作ではありますが、このタイトルとあらすじを見て手に取った方たちはまさにそういうのを求めているのではないでしょうか？

ライトなファンタジーも好きだけれど、固めの作品もたまには読みたい。ハードな作品に手を出してみたいけれど、設定などが多くて敬遠してしまっている。

そういった方たちに読んでいただけたならばいいなと思ってこのあとがきを書いております。

ハードと言うにはややコミカルで設定が少なく、ライトと言うには泥臭くダークな部分も多い。

そんな〝ちょっとライトなハードファンタジー〟とでも言いましょうか。

とにかく読みやすさを重視した作風（作者の実力不足もありますが）で、情景描写なども控えめに抑え初めての人でも詰まらず読めるように書いております。

その分アクションに関しては私の趣味が全開になっていて、少しくどいと感じるかもしれません。というのも、私はアクションゲームが大好きでして……戦闘シーンは拘りが強く出てしまいますのでご容赦を。

あまり現実に即した剣術理論ではありませんが、なるだけそれっぽく見えるように理論武装した〝なんちゃって剣術〟です。あまり現実的に書きすぎるのも面白くありませんからね。


主人公ジグは自己投影できるような人物では到底なく、金のためならば人命も厭わない人でなしです。現代人にとってその行動や思考は共感や理解とは程遠く、強制的に第三者視点を強要してくることでしょう。

それでも彼に魅力を感じたのならば、それは彼の生き様に魅せられたのかもしれませんね。

自らの信念を持ち、地に足の着いた強さの彼が、魔女との邂逅でこれからどう変わっていくのかをお楽しみに。

昨今の流行やテンプレート、文章の書き方などなど一切を無視した本作。正直あまり多くの人に読まれることを想定しておりませんでしたので、こうして書籍化していることが今でも信じられません。

これも日々支えてくださった読者様、こうして書籍化まで整えてくださった編集様、素晴らしいイラストを描いてくださった叶世べんち様のおかげです。

皆様に最大限の感謝を。

ファンレター、作品のご感想をお待ちしています!

【宛先】
〒104-0041
東京都中央区新富1-3-7　ヨドコウビル
株式会社マイクロマガジン社
GCN文庫編集部

超法規的かえる先生 係
叶世べんち先生 係

【アンケートのお願い】

右の二次元コードまたは
URL(https://micromagazine.co.jp/me/)を
ご利用の上、本書に関するアンケートにご協力ください。
■スマートフォンにも対応しています(一部対応していない機種もあります)。
■サイトへのアクセス、登録・メール送信の際の通信費はご負担ください。

GCN文庫

魔女《まじょ》と傭兵《ようへい》

2023年5月27日　初版発行
2024年11月20日　第4刷発行

著者　超法規的《ちょうほうきてき》かえる

イラスト　叶世《かなせ》べんち

発行人　子安喜美子

装丁　AFTERGLOW
DTP／校閲　株式会社鷗来堂

印刷所　株式会社エデュプレス

発行　株式会社マイクロマガジン社
〒104-0041 東京都中央区新富1-3-7 ヨドコウビル
[営業部] TEL 03-3206-1641／FAX 03-3551-1208
[編集部] TEL 03-3551-9563／FAX 03-3551-9565
https://micromagazine.co.jp/

ISBN978-4-86716-424-2 C0193

GC NOVELS

どうやら私の身体は完全無敵のようですね

最強すぎて制御不能!
残念美少女のドタバタライフ

残念で最強なメアリィ様が、目立たず地味にをモットーにド派手に活躍しまくります!!　ポンコツ美少女のゆるふわ?お笑いファンタジー!

ちゃつふさ　イラスト：ふーみ

■B6判／①～⑥好評発売中

GCN文庫

暴食のベルセルク
～俺だけレベルという概念を突破して最強～

無能と蔑まれた少年の
下剋上が今始まる——

フェイトの持つスキル暴食は、腹が減るだけの役に立たない能力。だがその能力が覚醒したときフェイトの人生は大きく変わっていく……。

一色一凛　イラスト：fame

■文庫判／①～⑦好評発売中